*

春日樱花夏杜鹃，
朗朗秋月雪冬寒。

—— 道元禅师《本来之面目》

...

かわばた やすなり

花之圆舞曲

花のワルツ

[日] 川端康成 著

陆求实 译

时代文艺出版社
SHIDAI WENYI CHUBANSHE

图书在版编目（CIP）数据

花之圆舞曲 /（日）川端康成著；陆求实译 . —长春：时代文艺出版社，2020.9（2023.3 重印）

ISBN 978-7-5387-6472-7

Ⅰ . ①花… Ⅱ . ①川… ②陆… Ⅲ . ①短篇小说 – 小说集 – 日本 – 现代 Ⅳ . ① I313.45

中国版本图书馆 CIP 数据核字（2020）第 124860 号

出 品 人　吴　刚
责任编辑　焦　瑛
监　　制　黄　利　万　夏
特约编辑　邓　华　丁礼江
营销支持　曹莉丽
版权支持　王秀荣
装帧设计　紫图装帧

本书著作权、版式和装帧设计受国际版权公约和中华人民共和国著作权法保护
本书所有文字、图片和示意图等专有使用权为时代文艺出版社所有
未事先获得时代文艺出版社许可
本书的任何部分不得以图表、电子、影印、缩拍、录音和其他任何手段
进行复制和转载，违者必究

花のワルツ：
HANA NO WARUTSU (collection of stories)
by KAWABATA Yasunari
Collection copyright © 1951 The Heirs of KAWABATA Yasunari
All rights reserved.
Original Japanese edition published by SHINCHOSHA Publishing Co., Ltd.
Chinese (in simplified character only) translation rights arranged with
The Heirs of KAWABATA Yasunari, Japan
through THE SAKAI AGENCY and BARDON-CHINESE MEDIA AGENCY
吉林省版权局著作权合同登记　图字：07-2020-0083

花之圆舞曲

[日] 川端康成　著　　陆求实　译

出版发行 / 时代文艺出版社
地址 / 长春市福祉大路5788号　龙腾国际大厦A座15层　邮编 / 130118
总编办 / 0431-81629751　发行部 / 0431-81629758
官方微博 / weibo.com / tlapress
印刷 / 艺堂印刷（天津）有限公司
开本 / 889毫米×1194毫米　1 / 32　字数 / 123千字　印张 / 6.25
版次 / 2020年9月第1版　印次 / 2023年3月第3次印刷　定价 / 55.00元

图书如有印装错误　请寄回印厂调换

目 录

意大利歌　　　　　　　　　　1

花之圆舞曲　　　　　　　　21

煤山雀　　　　　　　　　　111

早晨的云彩　　　　　　　　125

附录一　　　　　　　　　　149
　　永恒的旅人——川端康成氏其人其作品

附录二　　　　　　　　　　165
　　川端康成年谱

意大利歌

イタリアの歌

他全身化作了一团火焰,一边"啊!啊!"狂叫着,一边带着火焰上蹿下跳,手舞足蹈的,举止疯狂,就像被火烧着了翅膀而拼死挣扎的蝴蝶一样。

随着轰然一声爆炸,从研究室蹿出一个火团,一直扑到走廊。

赶来的人们一阵惊诧,不是因为有人被火烧着了,而是这个人竟然能蹿得那么高,简直像是被火点着的蝗虫一样,那是在火焰的鞭励之下一个生命在腾跳。

鸟居博士曾经是一位跳跃项目的运动员,参加过国际奥运会的比赛,他不会玩那种可笑的跳跃,而是肉体和生命一同在真真切切地燃烧,所以他的跳跃是一种不同于常人的十分异样的跳跃,同时他的叫喊也不像人的叫喊,那是活生生的兽类肉身被撕裂一般的嗥叫。

白色的研究大褂被烧成不规则的形状,显得很滑稽,里面的衬衣也开始燃着了。火苗向他的脸孔蹿上来。他的眼睛在火焰中射出烈炬般的目光,仿佛要冲破眼前的炎焰,夺路而逃。

他身上溅满了酒精,所以很容易被火烧着。

弥蒙的烟雾从研究室的窗户溢出,与此同时,火舌"舔噬"着地板,一路扩散开来。

装实验药品的玻璃瓶子开始"砰砰"爆炸。

有人脱去西服上衣,像个斗牛士似的,张开双臂,好像要抱住火团一样,俯身将鸟居博士裹围住,与此同时,另外三四个人也学着他的样子,纷纷冲上前将被火烧着的人护在自己身下。

他们口中还呼喊着:

"着火了!着火了!"

"快去拿灭火器!还有灭火水泵!"

"把重要文件资料搬出去!快点!"

"快按警报器!"

"快联络医生,哪儿的都行,只要是最近的!"

"给消防署打电话!"

"喂,咲子怎么样啊?咲子人哪?!"

"是啊,咲子呢?"

一个人正要往烟火中冲去,大概是装实验用动物的笼子被烧坏了,一只血肉模糊的老鼠像一颗进射的石子一样,朝他的裤腿飞过来,随即便咬住不松口,就这样吊在他的裤腿上。

咲子平静地站立在窗前一动不动,仿佛在欣然等待死亡的到来。

盛夏早晨的炽烈阳光透过玻璃窗,照在她肩头。烟雾腾腾的窗外，庭院里的绿树看上去非常翠嫩干净，仿佛被阵雨洗过一般。

咲子的裙摆已经开始燃烧起来。由于她一动没动，裙子上的火苗看上去就像童话里描述的一样，燃得很悠缓。她下垂的衣袖也被烧着了。

"傻瓜！"

那个人在烟雾中喊了一声，随即身体像投出去的一颗炮弹似的，朝着咲子的腰冲了过去。被烧成碎片的裙子飘落地上。他一个激灵，一使劲将她的内裤边也一把撕裂了。

直到两只袜子露出，她才好像突然清醒过来似的，蹲下身子，打算张开两手遮蔽住自己的下身，却"咚"的一声扑倒在地上，昏厥了过去。男子伸出胳膊抱住她将她拖出屋子。

烧伤的两个人一同被抬上汽车直奔医院而去。

鸟居博士全身将近三分之二的皮肤被烧伤，差一点死去，但他竟然还独自一人"啪嗒啪嗒"在医院走廊里转悠。当看到昔日的老友医生接了电话特意跑出来迎接他时，他扯高了嗓子，吐字清晰地大声叫道："啊，谢谢你啦！研究室烧起来啦，着火啦！然后就不停地烧啊烧啊……"就像站在讲台上声嘶力竭地给学生上课似的。

他用一种英雄般的走路姿势跟跄地走着，然而眉毛和眼睫毛都被火燎掉了，通红的脸庞也皮绽肉翻、彻底变了形，无疑会永远留下烧的疤痕，简直像个可怕的怪物。

被抬上手术台时，他诉说自己全身疼痛难耐，但这只是很短暂的片刻,很快他就迷迷糊糊开始说胡话了,同时在手术台上痛苦得不停翻动。当时他全身缠满了纱布,并且涂了软膏,但那除了预防坏死的肌体腐烂以外,实在是根本起不到任何止痛效果的,对他进行的注射也只是为了让他稍许镇定下来而已。医院还旋即从附近的自卫队募集了十多名年轻士兵前来验血型,做好了输血的准备,其实谁心里都明白,这些都是无济于事的。

皮肤科的医务部长稍后赶了过来,内科的医务部长也前来参加特别会诊,但一方面伤者全身裹着纱布,另一方面,伤者一刻也不停地翻动,根本无法为他进行听诊,连测量个脉搏都困难重重。

即使这些能够做到,实际上已经尽可能对他做了最妥善的处置,因此医生们也只得无能为力地看着伤者,然后默默地走出病房。

理论上讲,死亡已经是不可避免的了。

咲子的病房与鸟居博士的病房隔了两间屋子,博士痛苦的呻吟声她自然全都听见了。

跑来医院看望咲子的人,异口同声地劝慰她道:"不管遭遇了什么样的灾难,脸孔没事,比什么都万幸呀!"

听到这样的话,咲子将脸埋在枕头里,强忍住歇斯底里的啜泣。

从右腿根子起,整条腿上缠满一层又一层的纱布,腿变得像假肢一样不听使唤,并且还不停地发出剧痛。一想到这条腿可能会残废掉，这个处女不得不考虑起自己的人生大事，不由得愈加感到痛苦万分。

当被凶猛的火团包裹住的时候，她的内心和身体一隅，莫名其妙地似乎一下子老了许多，同时又仿佛突然回到了孩提时代，这两者无法调和，便在她内心和身体内斗争不息，应该正是这个原因才使得她的精神状态变得歇斯底里了。

惊愕与亢奋之后，浑身竟迸发出一种快感来，简直就像真空世界里的彩虹。这种场合，已经没有什么道德好讲了，道德被火焰烧伤的剧痛替代了。

对于鸟居博士的伤情，她却怎么也激不起痛切的忧悯之心，大概是真切地意识到了自己生命尚存的缘故吧。

今年春天，咲子从音乐学校声乐科毕业，却成了战争医学研究者的一名助手。这似乎远不是普通人所能想象、有点天奇地怪的味道，但在当今这世道，尤其是对于当今的女学生来说，这种不合常理的做派完全不值得人惊讶。

就是鸟居博士本人也差不多。或许是官立大学学生的关系，他在体育选手中间绝对属于不敢轻怠学业的少数人之一，但这并不等同于说他头脑颖敏。即使在体育运动方面，他也从来没有创造过任何新纪录。

由于性格开朗、容貌俊秀，他从这些优点中得益匪浅，不知不觉地积攒起不小的人气，后来更是得到运动队主管的赏识和提携，当上了校运动队的教练，不用自己上场与人进行竞技了，而且还很受选手们的拥戴。

想要让训练方法更加科学,就必须坚实地构筑好运动医学这个基础,否则一切都谈不上。这种认识虽然并不是他的创见,但他总是让人觉得仿佛是他独创出来似的,忘我地埋头于此中,这是他的看家本领,即使从严谨的医学研究者角度看宛似孩童游戏般的一些初级统计方法,他也十分热衷,然而,事实上这些并不能对体育有些许的贡献。

但就是这样,他成了一时的宠儿,连一流报纸的体育版上也刊出过对他的访谈文章。

竞技体育与战争,从毫无保留地全身心投入这一点来说,两者非常相似。而当整个国家处于好战气氛高涨的非常时期,一门被称为战争医学的学科也和兵器及毒气的研究一样,取得了显著的发展和进步,并冒出一批所谓的专家学者,军队医务人员进入医科大学研究深造的人数激增,大学方面也不断有人与军队发生积极的接触互动。

虽说主观上没有搭乘这股流行之势的念头,但鸟居博士还是不知不觉中成了战争医学领域的少壮中坚势力。回顾这段经历,或许他自己也会忍不住吓一跳,但鸟居博士在这一过程中确实是非常勤奋、忘我地投入。

仅仅为了再跳高并非必要的一厘米或者半厘米,哪怕会折短自己的寿命,也要不顾一切,只为让世人发出一声惊呼。鸟居博士便是这样一个和竞技体育精神毫无二致的人。

就运动医学来说,博士学位不是那么容易取得的。

然而在战争医学领域,博士称号几乎毫不费力就掉到了他头上。

审读论文的，只有主审教授一人。由于论文涉及军队的机密，因此论文内容没有公开，但主审教授宣称，本论文在空中作战方面颇有贡献，对国家而言是一项十分有益和宝贵的研究。有主审教授的九鼎之言，教授会上自然全场没有反对，一片沉默之中就算通过了。

那是一篇关于空中作战中的神经生理学的论文。

他将老鼠和兔子装上飞机模型，模拟进行空中翻滚等动作，当然，自己也去了机场并且乘上战斗机，然后俨然一名将军似的，得意扬扬拍着比自己年龄还大的校官飞行员的肩膀说道：

"嗯，得到了和老鼠实验相同的结果！"

每年一度的防空演习近在眼前，他想抢先一步在这之前完成自己的研究，于是将自己关进一个秘密场所的研究室里，连续奋战了几个通宵。

完成这项研究后，他将有机会如愿以偿地被派往西洋深造，而他想在当地从事的，是欧洲大战时冒出的所谓战壕生理学一类极其冷门的研究。

就在这样劲头十足的通宵奋战中，身边难免出现了疏忽。

较之往常今天来得更早的咲子，因为早晨要为博士冲泡红茶，因此点燃煤气准备烧煮开水，而博士却正在旁边把酒精罐中的酒精往小瓶里倒，于是刹那之间引发酒精着火，巨大的酒精罐爆炸了。

一到盛夏，医院里的儿童入院者猛然增多，因为都想趁着暑假前来根治一些慢性疾患。

其中最多的是扁桃体摘除手术。接受手术的都是都市里的过敏体质的孩子，但不可思议的是，大多数都是女孩。

眼睛和嘴唇的轮廓都长得非常时尚，脸蛋细长，看上去就显得十分聪慧。这些少女全都是一副单薄的身架子，大摇大摆地在医院走廊上晃荡。

这些纤弱的花季少女，给医院带来了开朗欢快的气氛。很快的，她们相互之间便开始了都市性的社交活动。

尽管从咽喉中将扁桃体剥离然后切除是个非常普通的小手术，但她们会在脖颈上挂一个冰袋，从体外对喉腔里面的伤口进行冷敷，这些少女们就像贵妇人佩戴项链一样，对此极为热衷。

"这也是种时尚呀！"

她们相互这么打着趣，松开纱布结，得意地取出悬垂至胸前的纱布包裹着的冰袋给对方看，惹得大人们哈哈大笑。

在这些生活在都市的孩子们中，好像还流行起了穿睡衣的时尚。

没有睡衣的孩子自惭形秽，于是入院后不消三天，便纷纷穿起了睡衣，哪怕质地粗劣。

这帮身穿睡衣的孩子，挽手并肩，神气活现地一同前往小卖部去吃冰激凌。

一位在木场从事木材批发的商人，眼睛下方被查出癌症，不得不将鼻子到脸颊的肉割除，剜得直到骨头外露，整整住了三个月医院。他病房隔壁是几间宽敞的日式房间，每个房间有四名过敏体质的女孩同住一室，原本那是院内的二等病房，每间仅住一名病患的，但由于耳鼻喉科病房已住满了人，不得已只好临时采取这样的混居办法。

木材批发商这边，每天都有一伙亲戚拥进他的病房。是为争夺遗产而来的。这位商人没有孩子，他的兄弟们不想让他妻子继承家财，便联合起来打算立侄子为继承人，各兄弟都从中分得一份家财。他们每天来到医院，冲进病房，恶言恶语地对他妻子进行数落甚至侮骂，然后千方百计要求病人写遗嘱。

然而，病人本人却并不觉得自己是将死的人。

作为妻子，被折腾得实在招架不住了而且也无计招架，恨不得干脆早点写份遗嘱了事，但又对丈夫张不了口。

眼看病人的脑子似乎有点发昏，亲戚们以为他该会听信挑唆，疏远不信妻子了，谁想他却握着妻子的手，向她诉说内心的凄寂。不过，这只是一时性的发作而已，大多数时间他都表现得阴郁冷漠，也不和妻子说话。

一壁之隔是医院附设的护士宿舍，每到深夜，隔着墙壁都能听到木材批发商妻子的啜泣声。

白天妻子在病房里待不下去，便漫无目的地在走廊里闲荡，站在盥洗室或洗衣房里和别的病人的护理员聊上会儿天。

"一开始，我是想着尽量省着点，所以每天都是乘坐私营电车赶过来的,谁承想竟然会有这种事情,实在叫人受不了,早知有一天这些都不再是自己的了,干吗还那么节省呀,往后再也不坐电车了!二十多年了,一门心思过着节俭的日子,对这个家总还有点苦劳吧,怎么会这样!"

这位五十上下、举止优雅的女性,略略颔首,微笑着说。

年轻时想必是位美人。尽管叫人伤感的是这份美丽已经不再,但昔日的骄傲仍掩饰不住地从她的细微举止中悄然流露出来,因而愈加赢得护理员们的同情。

"但是,多少还会给太太留一些的吧,您还可以继续过不错的日子的呀。"

"这也难保啊。"

她仰头望着黄昏天空中的白杨树枝头支应着,同时大脑中却飞快地计算起来,嗯,自己的私房钱,光是利息也足够一个女人惬意地生活了。

"已经三个月啦。成天这么站着,脚都站得发麻了呢。"

"是啊是啊。就拿我们来说,在医院连着干一个月下来的话也受不了啊,好多人都找个借口,找人换班呢。您眼看着就一天天的瘦了下来呢。"

"大概我会比他先死吧。"

"哎呀,太太您说什么哪,可千万别这么想。"

"嗯。"

这位妻子微露笑容答道。眼角处好像有什么毒素沉淀似的,看上去有点发黑。

"哎，说起来真吓人一跳呢。前几天，不是有好些个小朋友病人吗，有人居然问我要不要领养这些孩子，有两个人都这么说呢，而且一本正经的。当然这话也就到此为止啦。"

"唉，真是受不了。"

这些派遣护理员一边使劲拧着病人的浴衣，一边抬起头看了眼五十岁上下的女人。可是，对方的神情似乎在说：哦，居然会有这样便宜的好事？我怎么不知道呢。

比起那些都市病的少女们，鸟居博士的入院更加令医院多了几分热闹气氛。

首先，光是那昼夜不歇的呻吟声，就足以引起各个病房病人们的注意。

再有就是，入院的第一天，前来探视的身穿军服的人物以及体育界人士，挤满了走廊，几乎将路都堵死了。

时值盛夏，病房门窗大开，护士们听到走廊里来来往往的体育明星的名字不住地发出惊叹，有几个女孩子甚至还兴奋地尾随在年轻军官身后。

而鸟居博士本人却像一只即将被拧断脖子的怪鸟，口中不停地发着呓语，还呕吐，粪尿齐下，粪尿中都带着血。

他陷入了昏睡状态，呼吸急促，眼看就要死去。

因此说，一开始的他完全不具备引致人们产生兴趣的价值。人们的兴趣，自然都集中在无可置疑能够活下来的咲子身上。

博士年仅三十五岁，独身，所以人们的第一个疑问就是，这位年轻貌美的女助手咲子是博士的未婚妻？还是博士的恋人？

人们很想知道咲子是怎样一副悲痛欲绝的样子，于是很多人跑到她的病房门口，偷偷朝里张望。

人们希望看到的是咲子满面愁苦。要让人们对年轻貌美的小姐一只胳膊和一条腿被火烧伤产生同情，就应该是这个样子。

然而，入院的第二天，四五位像是她闺密的年轻女子来到病房将朝向走廊的门和窗都挂上了漂亮花哨的帘子。从那之后，便有一个传闻流传开来，说是听见她在病房里欢快地大声唱歌。

隔着走廊，住在她对面病房里的是一位已经住院四十天的老年膀胱结石患者，一位早年便声名远播、拥有辉煌经历的陶器工艺师。他先是为前列腺肥大症所苦，后来在膀胱中发现有结石，至今已经六年了。不是一颗两颗的结石，而是在膀胱的膜壁上附着了许许多多沙粒状的细石子，因此只靠一次手术无法根除，况且这种结石基本上是很难彻底根除的。

老人的妻子由于常年陪着看病，倒积累下了经验，年轻的当班医生导尿管插入手法是好是坏她都能很在行地说出点名堂来，医生不得不手里拿着几款金属导尿管和橡胶导尿管，去病房里和她商量后才能下决定。

老人白天总是精神恍惚地睡着，一到半夜便会痛得叫唤起来。

"他爷爷,与其这样痛苦地活着,还不如死了的好呢,是吧?"

"是啊。"

"可是,死了多没意思呀,还是活着好。"

"是啊。"

老夫妇二人一边扇着扇子一边慢慢悠悠地说着闲话,旁边的护理员听得怪讶不止。

老人今年已经七十二岁,他的老妻六十八岁。

日照正盛的窗外,两只鸽子一边使劲扇动着翅膀,一边做出相亲相爱的举动。

"哎,他爷爷,今天那个年轻姑娘好像突然变样了呢。"

"是啊。"

"和她一起来的男人那么痛苦,都快要死了,她倒大声唱起歌来了。"

老人迷迷糊糊地进入瞌睡状态,没有接上话头。

"还有那些孩子也真是,走起路来干吗那么神气活现的呀。"

"嗯。"

"他爷爷,别睡呀,要不然晚上又要哼哼唧唧的睡不着啦。"

"哦,太阳太晃眼了。"

"你还是一心想回到家里等死吧?"

"嗯。"

"我跟医生说了,要你在这里彻底治疗,等到根除了,没什么可治了才能出院,在那之前,我和医院都不会让你跨进家门的。你儿子也太过分了。他爷爷,我是觉得,你那么辛苦,把钱都留给他们,真有点多余啊。"

"是啊。"

老人闭上双眼。

"今天吃午饭的时候,外头有人来院里参观,把人吓了一跳呢。几个人看上去明明还是小姑娘,就已经个个挺着个大肚子了,这么老大,正好从妇科出来,脸上没有一点点难为情的样子,这世道真是变了啊。"

老人已经响起了轻微的鼾声。

妻子站起身来,撕下面包屑投喂给庭院里的鸽子。

第二天早晨,木材批发商难得地盘腿坐在病床上,一边怒气冲冲瞪着脸色惨白坐在跟前椅子上的掌柜以及佣工,一边使劲拔着小腿上的毛,动作粗狂,像个精神失常的疯子似的。

昨天夜里,位于木场的木材仓库失火了。

"畜生!"

木材批发商半张脸包着纱布,他颤抖着嘴唇骂骂咧咧说道:

"不是我说不吉利的话,那个被火烧伤的家伙一进医院,我的仓库就着火了！今天晚上就该一命呜呼了吧？！"

由于涉及遗产争夺，他的妻子和所有亲戚都被警察署传去问话。

掌柜和佣工战战兢兢、面面相觑。这时候，传来了咲子的歌声。

歌声虽低，但声音自然，分明透出一种重生的喜悦。

护士来到病房，分发用来裹遮电灯泡的黑布。

勤杂工抱着高高的梯子，将走廊上的灯泡也一个个包起来。

从白天开始，就不断有爆炸声和枪声传来，还有警笛的鸣叫声。

今天是防空演习日。

除了要用黑布将电灯泡裹遮起来，还必须将灯泡低垂到地板上，所以几乎所有病房里的亮光都消失了。

通告灯火管制令的吆喝声，在医院的中庭响起。

隔了一会儿，看不见月亮的黑漆漆的夜空中响起螺旋桨的轰鸣声，接着看到了机翼。直升机带来的，是鸟居博士的研究材料，还有他为之研究并做出所谓贡献的军队里的人。

昏暗的走廊上，众多身穿黑衣的人肃然列队站成两排，仿佛死神的使者一般。这之中，有一片白色的东西急促地起伏不止的，是绑满纱布的鸟居博士的胸脯。这是濒死前的呼吸困难症状。

医生拿着一支钢笔形的手电筒,对准他的瞳孔照着观察着。

博士身体忽而向右扭动,忽而向左扭动,同时伸出双手有气无力地在眼前划动,好像要将眼前厚厚的黑暗扒开一点窟窿似的。

"开灯!打开电灯,让他在一片光明中死去!"

坐在枕边椅子上的人平静地命令道。

"啊,阁下,这个……妥当吗?"

"没事,有什么我负责!"

"嗨!"

一名军官揭掉蒙在电灯泡上的黑布,病房顿时明亮起来。就在这刹那间,鸟居博士脑袋向后一仰,断了气。

上身穿一袭和服、下面套着条筒形裙裤的阁下缓缓地站起来,用黑布又将灯泡蒙住。

不一会儿,博士的尸体被悄然无声地从灯火管制的走廊上抬走了。

整个东京一片黑暗。

都市病的年轻姑娘们全都已经入睡了。

陶器工艺师的妻子对丈夫说:

"他爷爷,还是回家去吧!你也不想那样死的是吧?"

"是啊。"

"那个病人真是吵死人了。不过他不在了,你又变成叫得最凶的人了。"

"他很年轻吗?"

"撇下一个年轻美貌的姑娘走啦。"

"不知道有没有孩子。"

"说什么呀!他爷爷,是个很漂亮的姑娘呢。"

"哦,是吗?"

木材批发商一言不发地目送尸体被运走。

"不过,他的葬礼一定会很热闹、很让人羡慕吧?"

妻子在一旁说道,他没有应答。

咲子扶着护士的肩膀,走到病房门口。

尸体从跟前抬过去时,她张口唤了一声:"老师!"

护士立即叫停担架。

咲子朝着担架伸出手去,但随即又说道:

"行了,走吧。"

接着,她抱住护士的脖颈,将脸颊埋在护士肩头上,说了一句:

"麻烦你抱我回床上去。"

"我越来越会撒娇了是吧?我走不动了嘛。"

她忆起两人之间曾经约定过,要是鸟居博士留洋的话,她随后也将出国深造音乐,遥远的异国他乡就他们两个人一起,那样子下去,迟早是要结婚的。

毫无理由地，她开始唱起歌来。是一首叫《无家的孩子》的意大利歌曲。

眼泪淌了下来，但歌声却是明朗而响亮的。

她想，明天早晨，一定要挺起胸膛、使出全部气力好好地唱。

花之圆舞曲

花のワルツ

一曲《花之圆舞曲》舞毕。

几乎就在同一瞬间,降下的大幕还没垂落至她们胸口,友田星枝忽然气息没收紧,动作松劲了。

此时,恰恰是早川铃子单足脚尖着地,另一条腿竖劈叉到了最大极限,又高高抬起,身体的全部重心都落在与星枝相牵的那只手上,也就是说,铃子和星枝两个人的肢体共同组成一个舞蹈动作的节骨眼儿上,殊不料其中的一半肢体突然被撤空,铃子冷不防一个趔趄,差点倒在星枝的怀里。

就在这个当口,星枝的一条腿也打晃了。铃子的脸贴在星枝的腹部,姿势非常狼狈,她想挺起身子,便用一只手抓住星枝的肩膀,然后顺手扇了星枝一记耳光:

"真笨!"

出乎意料地动手打人,让铃子自己也吃了一惊,她直勾勾地望着星枝的脸。

"我这辈子再也不和星枝一块儿跳舞了!"

这样说着,铃子有点泄劲儿,于是身子又往星枝的肩膀上靠过来，没承想星枝将肩膀闪开了去。她没有推开铃子，也没有因为挨打而生气，但是这一闪却让铃子失去了凭倚，双手张开，身子往前倾扑。

星枝理也不理，茫然呆立，仿佛不知道这是自己造成的。她语气重重地甩出一句：

"我这辈子再也不跳舞了！"

这时，大幕彻底落下。

随着幕布落到舞台地面发出的轻轻声响，观众席上爆发出经久不息的掌声，像风一样渐渐飘远，随后戛然而止。

舞台灯光也微暗下来。

当然，这是向观众谢幕前的准备，是为了让大幕再次拉起时，舞台上呈现出更加绚美、更加隆重的气氛。舞蹈演员们也都在期待着这一刻，她们舞动着向台口走去，仿佛刚才的舞蹈仍在继续似的，舞台两侧，则是手捧花束的少女们在等候着。

掌声又一浪高过一浪地响起来。

"真没见过像你这么任性的啊。"

嘴上这么说着，铃子还是紧紧搂住星枝的肩膀，从大伙儿身后一起走了出来。

星枝好像不知道该怎么动作似的，温驯顺从得宛如一具人偶，听凭铃子的摆布。

"真对不起，我刚才打了你这儿？"

铃子笑着说道，同时伸手在星枝的脸颊上轻抚，星枝却将脸背转过去，喃喃自语地说道：

"这辈子再也不跳舞了。"

"刚才假如被观众看到了,你觉得会怎么样?他们肯定会嗤笑,报纸上也会登的,今天晚上的演出就前功尽弃了!应该是没被看到吧,真亏了这大幕。大概他们只看到我们的脚,不会觉得我身子晃了没站稳吧?不过,观众肯定是不知道的,所以才那样拼命鼓掌、要求我们返场呢。唔,肯定会要求我们返场的!"铃子摇一摇星枝的肩膀,继续说道:"我们得向老师好好检讨。还好老师没在场观看,算是万幸。"

两人朝舞台台侧走去,欢欣雀跃簇拥着等候在那里的舞蹈演员和少女们顿时安静下来,铃子稍许腼腆地冲她们笑了笑,而星枝则双唇紧闭,怫然不悦,似乎有种气氛让她不得不静默。

这时候,大幕又拉起了。

舞蹈演员们用眼神互相示意着,手拉手走到舞台台口,将铃子和星枝簇拥在前面。

她们两人居中,和其他人一起在舞台上排成一列,向观众谢幕。

少女们手捧着花束走到列前,向铃子和星枝献上。

这些献花的女孩子都不到十一二岁,其中年龄小的更是只有六七岁。她们都穿着长袖的和服,她们的母亲或姐姐,以及穿着其他舞蹈中的服装、没有在《花之圆舞曲》中上场的舞蹈演员们,之前就在舞台两侧照料着这些孩子,她们不时抚摸少女的头发,有时还给她们整理腰带,叮嘱少女们在舞台上别出差错，以及告诉她们应该将花束献到谁的手上。

花束集中到星枝和铃子的手里。

《花之圆舞曲》是专为她们两人排演的节目，舞蹈动作也是这样设计的，其他舞蹈演员则是作为双人舞的背景或者陪衬而上场的，为了始终突出她们二人，铃子和星枝的服装也与众不同。

观众也为这些献花的小女孩送上了热烈的掌声。

铃子和星枝接过一束束鲜花，将它们抱在胸前，花束多得简直快要将她们淹没了。

一个年龄最小、走路东摇西晃的女孩子落在了后面，她手中的花束看上去比大朵的向日葵略小，由清一色的浅蓝色小花组成。小女孩站在星枝面前，大概是人和花都太小，加上满抱的花束遮挡了视线，星枝没有看见她。

"星枝，这可爱的花束是献给你的呀。"

铃子在一旁提醒道。小女孩正迟疑不定地望着星枝的脸，听见铃子的话音，便将花束举向了铃子。

"唔，不对，你给星枝呀。"

铃子咕哝着，用眼睛向小女孩示意，可是小女孩没有弄明白她的意思。这样一来，星枝即使想接也不便从旁夺过去，铃子只好和蔼可亲地将浅蓝色花束接下来，一边轻抚着小女孩的头一边轻声说道：

"谢谢。好了，妈妈在那儿叫你呢。"

身穿长袖和服的少女们献过花退下场后，台上的舞蹈演员们再一次向观众谢幕。大幕徐徐落下。

"星枝,这束花是献给你的呀。"

铃子将刚才那束小花插到星枝抱着的花束和她胸口之间。

"你为什么不接受呢?让一个那么小的孩子在台上丢脸,真是太过分了!孩子差点都哭了。"

"是吗?"

"请你好好记住,一花不成林,一人不成众啊。"

铃子说这话的时候,脸上仍然挂着微笑。

小小的浅蓝色花束夹在蔷薇和康乃馨中间,反而显出它才是真正的花,鲜艳夺目。

舞蹈演员们同声赞叹:真可爱,真清雅,好漂亮哦,简直像童话故事里的王冠、理想国里的蛋糕啊!她们纷纷新奇地探头望着星枝胸前的花束。

"香不香?"一个舞蹈演员伸手拿过花束闻了闻。

"真的好想捧着这花跳舞啊!这是什么花呀?星枝,这花叫什么名字?"

"不知道!"

"我从来没见过这种花呢。送你这么让人印象深刻的花的,不知道会是什么样的人哦。"

星枝漫不经心地接过还回来的花束,说道:

"这花枯萎了。"

对方有点惊愕,望着星枝的脸。星枝又重复了一遍:

"这花枯萎了。"

"没有枯萎啊,你干吗在这儿说这种话,回去插在花瓶里就会精神起来的。假使被送花的人听见了,多失礼啊。"

"可是,是枯萎了嘛。"

稍稍隔着点距离看看这一切的铃子此时插嘴道:

"你要是觉得花枯萎了、让你讨厌,就给我吧。是我截替了你,把本该献给你的花束接下来了,你不高兴是不是?"

星枝一声不吭,轻轻将花束一摔,塞到了铃子手上,与此同时有一样东西掉落在舞台上,是条饰有宝石的项链。应该是藏在花束里的,因为缠绕在花枝上,有一两枝花也连同项链一起掉落了下来。

但是,星枝将花束摔到铃子手上之后,旋即从舞蹈演员们中间穿过去,走到刚才献花的那个小女孩面前,蹲了下来。

"哦,真对不起,是我不好,请你原谅!"说罢,她将孩子连同花束一起抱起来,快步登上通往后台的楼梯。一连串的动作几乎就在同一瞬间完成,压根儿就没有注意到项链掉落这件事。

"星枝!"

铃子用锐利的眼神目送她离去,随后将掉落在舞台上的项链捡起,看到浅蓝色的花束上系着一张写有姓名的小纸片。舞蹈演员中有一两个也凑近了来瞧。

"胜见……这个叫胜见的人,铃子你知道吗?"

"知道的。"

"是个男的吧?"

铃子没有回答。

星枝蹬着楼梯跑上去时，抱在胸前的花束掉落在了楼梯上，她也毫不理会，一只脚上的舞鞋鞋带松开了，她干脆使劲一踢，鞋子被远远地甩到了楼下走廊上，她也没有回头看一眼。

这期间，观众席上的掌声经久不息，一再要求演员返场。

乐队重新在乐池落座。掌声再次沸腾起来。

铃子猛地推开门喊道：

"返场了！星枝，快点要返场了！"

她一走进后台，便将项链悄悄放在星枝的化妆镜台边上，然后微微抬头向上斜瞥了一眼星枝的神情，故意快活地说道：

"你在发什么愁哪，快去返场啊，乐队都已经坐好了在等着啦！你独自一个人在这儿闷闷不乐什么呀，简直是岂有此理嘛。"

抱着上来的那个小女孩不知跑哪儿去了。星枝站在窗边，凝神眺望着窗外夜色中的街道。

"别让大家扫兴了！"铃子搂住她催促道。

星枝顺从地跟着走了五六步，在穿衣镜前停了下来。

"哎呀，你一只脚没穿舞鞋！你的鞋子呢？"铃子问。

铃子从穿衣镜中看见星枝光着的脚，可是星枝只顾看自己的脸，一边端详一边道："这副样子怎么能跳舞呢？"

"谁会看你的脸呀。"

"铃子，你不也说过这辈子再也不和我一块儿跳舞了吗？"

"要跳一辈子啦,这一辈子我们两个都要一起跳啦。鞋子在哪儿啊?"

"我不想跳了,我实在没有心情跳啊。"

"你就一点也不顾别人的心情啦?这可绝对不行啊!你想想,今天晚上的表演会还不是老师特意为我们两个筹办的吗?你还不明白吗,这么多人辛辛苦苦地表演还不都是为了我们两个人?即使心里在哭泣,脸上也要露出笑容来啊。你看看那些观众,他们多么高兴啊。"

"真的那么高兴吗,我心情那么糟糕地在跳他们还高兴?"

"你没有听见掌声吗?"

"听见了。"

"就是嘛。快点把鞋子穿上。鞋子在哪儿呢?"

后台是一间小小的洋式房间,靠近墙边有一块地方高出一段,铺着榻榻米,墙根则并排摆放着化妆镜台,还有一面大穿衣镜。墙上挂不下所有的舞蹈服,屋子正中央的矮桌上也凌乱地堆放了不少。除了舞蹈服,桌上还散乱地放着观众赠送的花篮、盒装点心以及花束。

榻榻米下方并排放着脱下来的各种舞鞋。铃子蹲在旁边,手忙脚乱地寻觅星枝的另一只舞鞋。这时候,门被推开了。

进来的正是她们两人的老师竹内。他一只手上提着星枝掉落的另一只舞鞋,走近星枝,不动声色地将它放在星枝的脚边。

"你的鞋子掉了。"随后淡淡地说了一句。

"啊，老师！"

铃子向老师打了声招呼，满脸通红地跑到星枝身边，在她跟前跪下，帮她穿上了舞鞋。

星枝一任铃子摆弄自己的脚，她眼睛直直地看着竹内说道：

"老师，我不想跳了！"

说罢，她将脸背转过去。

"你想跳也好，不想跳也好，都要一直不停地跳下去，这才是舞蹈的魅力呀，它是伴随你一辈子的事业啊。"

竹内说着笑了笑，坐到自己的镜台前化起妆来。

他的舞蹈服只一半套在身上。他脸上化着舞台妆，凑近了看似乎比他约莫五十来岁的实际年龄更显老一些，并且有一种掩饰不住的失意感。

铃子和星枝走出后台，刚迈上楼梯，乐队木管已经开始吹奏序曲了。

观众的掌声霎时安静下来。

这是柴可夫斯基的《胡桃夹子》中的《花之圆舞曲》。三四年前，竹内舞蹈研究会在它的新作发表会上，就表演过《糖果仙子之舞》《特雷帕克舞》(《俄罗斯舞》)、《阿拉伯舞》等《胡桃夹子》中的全部舞蹈。

当时，星枝跳了《中国舞》，铃子跳的是《芦笛舞》。

原本《胡桃夹子》是根据一个描写圣诞之夜少女梦中奇幻

所见的故事而改编的芭蕾舞剧,是一组童话舞蹈。那时候,铃子和星枝都还是少女,也正是做着胡桃夹子一样的梦的年纪。

舞剧中压轴的《花之圆舞曲》,描写的仿佛是少女们如花一般的青春竞相绽放争奇斗艳的美好情景。

这个舞蹈成了她们愉快的回忆。

竹内为了给这两位女弟子捧场扬名,在今晚举办了"早川铃子·友田星枝第一届舞蹈汇报演出",曲目中就特意加入了《花之圆舞曲》,为了突出她们两人的舞蹈,还将之前的动作设计重新做了修改。

星枝和铃子一离开后台,竹内便立即站起身,拿起放在星枝镜台上的项链看了看,又悄悄放回原处。然后,下意识地用手触了一下挂在墙上这些满是姑娘气息的舞蹈服。

衣衫、花束、化装道具,堆放得越凌乱似乎就越显得充满生气。

星枝和铃子两人走下阶梯,分别站立在舞台两侧的台口内,此时乐队早已奏起圆舞曲的主旋律,其他舞蹈演员们也翩翩起舞着等候主角的上场。

"友田!友田!"

后面有人呼唤星枝,星枝没有听见。她自己摆好舞姿,然后走向舞台中央。

与此同时,铃子从相反方向走上场,二人在舞台中央会合,铃子用鼓励的口吻轻声问星枝:

"行吗?没问题吧?"

星枝用眼神做出了肯定的回答。

铃子一边跳一边不放心地不时觑望着星枝。两个人再次靠近时,铃子说:

"不生气了吧,太高兴了。"

第三次接近时,铃子说:

"跳得真好,星枝!"

然而,星枝好像什么都没听见,她完全被自己的舞蹈迷住了,甚至忘记了自我,兴奋得越跳越带劲。

看着这情景,铃子自己却乱了舞步,身心都无法进入到舞蹈的意境中去,她的身体清楚地知道自己跳得动作生硬、笨拙。

不一会儿,两人又跳到一块儿,铃子牵着星枝的手说道:

"你在骗人!讨厌。"

铃子焦躁不安,不知道是因为嫉妒、生气还是悲伤。隔了片刻,她又说:

"你好狠啊,你这个人真可怕!"

星枝仍忘情地舞动着。

铃子不甘示弱,她的舞蹈动作也渐渐激亢起来,释放出了强烈的青春活力。

但是,通过舞蹈与星枝一较高下的铃子,和对铃子憋着劲暗中争张毫无知觉的星枝,形成了一种不和谐的美。两人的舞姿不同于翩然翻飞的蝴蝶的左右两翅。

观众当然不知内情。舞毕,她们在一片热烈的掌声中不得不两次上台谢幕。

星枝同先前简直判若两人。她神采飞扬,旁若无人,连声音都显得异常激动。

"痛快极了!我从来没有这样兴奋地跳过,音乐和舞蹈配合得恰到好处。"

铃子也高高兴兴地答谢了观众的喝彩。她回到台口内,身穿东方风格的演出服站在那儿注视着她们演出的竹内抓住她的肩膀,关切地说道:

"跳得好极了!"

话音刚落,铃子已经热泪盈眶,眼看她筋疲力尽地倒向竹内的怀里,却猛然一转身,追着舞蹈演员们上了楼梯,跑向后台。

星枝一边用口哨吹着方才表演的圆舞曲中的一段旋律,一边手舞足蹈地来到后台。

"骗人!耍手腕!自私鬼!我上你当了,你竟然给我下套,真卑鄙!"

"哎哟,生什么气呀?"

"要竞争就堂堂正正地争好了。"

"什么竞争不竞争的,我讨厌。"

星枝似乎一时还无法平静,她扯下花束上的花,撒在地上。

"请你别动我的花!"

"这是你的花?我真的不喜欢竞争。"

"没错,你就是那样彻头彻尾的利己主义啊。星枝,像你这样任性这样可怕的人我还真的没见过!"

"真的生气啦?"

"难道我说得不对吗?明明刚才不是还无精打采的吗?说什么悲伤啦,心情不好啦,不想跳舞什么的,结果我就真的替你穷担心了,上了舞台也净惦记着你,根本顾不上自己的舞蹈动作了。这太可气啦!可星枝你倒好,却满不在乎好像没有这回事一样,兴高采烈地跳你的舞。我上你的当了,你这个骗子!"

"没有这回事的啦。"

"这不是太卑鄙了吗?这就是搞暗算嘛,耍手腕做个假象让人上当,再自己大显身手。"

"讨厌,这种事情能怨我吗?"

"那你说该怨谁?"

"怨舞蹈呀。只要一跳起舞来,我就什么事都忘记了,我可没有心里想着要好好跳好好跳才跳的。"

"这么说来,星枝是个舞蹈天才哪。"

铃子略带揶揄地说了一句。不知为什么,这话音给她自己带来几许伤感的回响。

"我不会输给你的,我不会输!"铃子心烦意乱,她一边拾掇摊放在那里的衣裳,一边说:"不过,这样下去总有一天你要吃苦头的,说不定会在哪个节骨眼上扑通摔一跤呢。在旁人眼里,你的性格就好比在悲剧的深渊上走钢丝,而你自己却没意识到,大家都为你捏着一把汗,哎呀太危险了,真可悲呀,她会怎么样啊。正因为这样,大家才让着你,你自己不知道,还要逞能!"

"可是,在舞台上心情愉快地跳舞,有什么不对呢?"

"心情?说到心情,你有哪一次体谅过别人的心情?"

"在舞台上一边跳舞,一边还要去顾及别人的心情,我可不是那种令人讨厌的世故的人,那种人,我一想到就觉得可悲,心里就不痛快。"

"假如这样子都能在社会上畅通无阻,那倒是很厉害。"说到这里,铃子压低了声音,"不过,在舞台上取得成就,成为舞蹈界的大明星,好像不是靠勤奋和才能,而是靠星枝你这样的逞能吧?没关系,你就把我踩在脚下,自己爬上去好了。"

"我才不会哪!"

"可是星枝,别人对你亲切和爱慕,你感到过高兴吗?"

星枝答不上来,她茫然地望着镜子中的自己。

铃子从她身后走上前来,和她脸贴脸地照着镜子,说道:

"星枝,像你这样子,也会爱上别人吗?那时候你将会是什么样的表情呢?感觉一定不坏吧。"

"我的脸一看就是副失意的样子。"

"瞎说!"

"只不过化着舞台妆,看不见而已。"

"快点把衣裳收拾好吧!"

"算了,女佣会来拾掇的。"

这时候，竹内从舞台回到了后台。

《花之圆舞曲》落幕之后，是竹内的舞蹈表演，这也是今晚的最后一个节目。

铃子轻盈地迎了上去。

"今天晚上全仰老师多多关照，实在太感谢啦！"

铃子说着，用毛巾替竹内拭去脖颈和肩头的汗珠，星枝则坐在自己的镜台前，一动也没动。

"谢谢老师！"

"祝贺你们，大获成功，这比什么都好啊。"

竹内一任铃子摆布自己的身体，自己只顾卸妆。

"都是托老师的福呀。"

铃子说着，脱下竹内的演出服，擦拭着他那裸露的脊背。

"铃子！铃子！"

星枝用白粉扑敲了敲镜台，用责备的语气尖声叫了铃子两声。

但是，铃子佯装没听见，去盥洗间将毛巾洗净拧干再走回来，一边勤快地擦拭着竹内的脊背和胸口，一边兴高采烈地谈论起今天晚上的演出。接着将竹内的脚抱起来似的用一只手托住，用另一只手将他的脚掌心连同脚趾缝也擦拭得干干净净。最后，还替他揉搓起腿肚子来。

铃子兴冲冲地又擦又揉，动作洋溢着真挚之情，看得出师徒之间关系良好，同时也展现了铃子的情意殷殷，没有半点勉强和不快。

37

铃子的动作太娴熟了，加之她还穿着舞蹈服，肌肤裸露，不免令人感觉像是窥见了密室中的一对男女似的。

"铃子！"

星枝又喊了一声。这是神经紧张、充满了厌恶感的尖叫。随后，星枝霍地站起来，走了出去。

竹内默默地目送她离去。

"啊，行了行了，谢谢！"竹内走到设于屋子一隅的盥洗室，一边洗脸一边说："听说南条下周要乘船回来了。"

"啊，真的吗，老师？太好了！这次是真的回来了吧？"

"嗯。"

"不知道他还记得我吗。"

"那时候你几岁？"

"我那时十六岁。南条君曾经训斥过我，说跟一个从没恋爱过的小姑娘跳舞实在无聊，跳不出感觉来。老师您还记得吗？"

"当然记得。这回他一定会高兴地主动要求你和他一块儿跳呢，说不定还会觉得，还是没恋爱过的人好啊。当年他心目中的小姑娘，如今已经成为这么优秀的舞蹈女演员了，想必他会大吃一惊吧。"

"看您说的，老师。我一直盼望着他回来教我跳舞呢，现在眼看这个愿望就要实现了，我反而有点害怕，感到担心了。他在英国学校勤奋学习，又在法国观摩过一流舞蹈家的表演，像我这样的人，怕是根本入不了他的眼呢。"

"男舞者不可能老是独舞啊，怎么说也需要一个女舞伴的嘛。"

"可是有星枝呀。"

"你要争取超过她。"

"我要是被南条君看着，一定会身体发抖得缩成一团的，换成星枝就能若无其事地跳舞，有一个优秀的舞伴，她就会像着了魔似的，自己也不可思议地发挥出超常的实力，真是个可怕的人。"

"你也真是爱东想西想的，"竹内有点不悦地说，"南条回来之后，我们马上为他举办回国汇报演出，到时候你和他一块儿跳。将来南条作为研究会的台柱子，你们三个人密切合作，一起让我们的研究会不断发展，我也好放心地引退了。这些年你吃了不少苦，今后就要和南条携手合作，共同走上一条辉煌灿烂的道路啦。研究会的地板要换新的，墙壁也该重新粉刷了。"

铃子想起南条的回国日期比当初预定推迟了两三年，而这也一直是竹内的一块心病，因而也就很容易地想象到去横滨迎接他时将会多么高兴了。

"他还是绕道从美国回来吗？"

"好像是。"

"为什么好像是呢？"

铃子讶异地反问道，难道信上或电报里没有写清楚吗？

"实际上是刚才在会场里听到报社记者说了声'南条君快

要回来了',我才知道的。"

"那么,他什么都没告诉老师吗?怎么……怎么会这样啊!"

铃子愣住了。但看见老师阴沉的脸,她除了同情,还深深地感到失望,就仿佛是自己被南条抛弃了似的,霎时间眼泪汪汪。

"真叫人难以置信,全靠老师一手栽培他才能去留洋的,想不到竟然变成了一个忘恩负义的狂人。这种人老师您为什么还要亲自到横滨去接他呢?太气人了,无论如何,我都不想和这种人一块儿跳舞啦!"

星枝来到走廊上的时候,工作人员正在收拾舞台道具和灯光什么的,忙得一塌糊涂,乐师们则已经拎着各自的乐器回家了。

观众席上空荡荡的,漆黑一片。

这次汇报演出的经纪人、舞蹈演员们的亲朋好友,还有一些像是她们粉丝的女学生和富家小姐,每个人都带着一脸兴奋的神情,有的在议论今天晚上的演出,有的坐在长凳上等人,还有的在后台进进出出。

说是舞蹈演员,其实都是研习艺术舞蹈的学生,她们不见得都愿意终生献身于舞台事业,立志将来当舞蹈家的人也寥寥无几,其中一半是中学生和小学生,以有钱人家的小姐居多。

她们的后台比铃子她们的那间宽敞。她们中有的脱下演出服，有的去设于后台的浴室冲澡，有的在卸妆，还有的在找寻献给自己的花束，每个人都各顾各地做着回家的准备。从她们充满青春气息的话语声中，仍可以感受到演出完成之后的那种兴奋。

"祝贺演出成功！"

星枝在走廊上接受了各色人等千篇一律的赞贺，她还应邀为他们签名留念，之后自然又是一通赞赏。

她对每一个人都做了简单的应酬，然后逛至舞蹈演员们的房间。这时她家的女佣在走廊上叫她，于是便和女佣一道回到自己的后台房间。

推开门，铃子正站在竹内身后，侍候着竹内穿西服。

不同于刚才的反应，这回星枝没把这当回事，她连看也不看一眼。

"这个，这个，还有这个……"她边走边吩咐女佣哪些是自己的衣裳要带走。

此时铃子用眼神向她打了个招呼，星枝便率顺地点点头，披上春装外套，和铃子一起将竹内送到大门口。

没等竹内的车子起步，铃子就忍不住兴奋地说道："南条君下星期就要乘船回国啦！"

星枝只淡淡地应和了一声："是吗？"

"说要回来，却连老师又都没有告知一声，真是忘恩负义呀！从没听说过还有这样过分的事情，太气人了！老师真可怜，可是又能怎么办呢？"

"是啊。"

"要是能在舞蹈圈子里抵制他,在报纸上一起写文章骂他才好呢。我们约好了,不去接他,也绝不同他一块儿跳舞好吗?"

"嗯。"

"不行,你这样的态度我信不过,你应该郑重其事地表现出你的愤慨才对呀。星枝,你跟南条君也差不多,也是个无情无义的人。"

"什么南条君,我根本不认识他!"

"老师不是经常说起他吗,就好像谈论自己的儿子一样?你没看过南条君的舞蹈?"

"他的舞蹈我倒是看过。"

"非常出色吧?所以呀人们都说,日本的第一个天才西洋舞蹈家诞生啦!还说他是日本的尼金斯基[1]、日本的谢尔盖·里法尔[2]呢。正因为这样,老师才不惜借了钱忍痛供他去留洋学习,而他……就是从那以后,竹内研究会才落得这样穷困的呀。"

"是吗?"

---

[1] 尼金斯基:即瓦茨拉夫·尼金斯基(1890 ~ 1950),波兰裔俄罗斯芭蕾舞演员及编舞家,以非凡的舞蹈技巧而著称,被誉为"20世纪最伟大的男芭蕾舞者"。
[2] 谢尔盖·里法尔(1905 ~ 1986):俄罗斯杰出的芭蕾舞演员和编舞家,后执掌法国巴黎歌剧院芭蕾舞团,开创了一个"里法尔时代"。

这时候，星枝的司机和女佣提着装有她的演出服以及客人赠送的彩球的箱子出来，正好和星枝碰上。

一个坐在走廊长椅上的青年站起身来，跟在星枝身后追上来，向她招呼道："友田小姐！"

"哟，你在这儿干什么？怎么还不回家？"星枝说着，若无其事地从他面前走了过去。

回到后台，铃子卸下妆，在靠墙一隅的屏风后面一边换衣裳一边说：

"就说今天晚上我们两个人的演出吧，老师也是七拼八凑地借了钱来举办的。"

"是吗？"星枝忽然注意到胸前和胳膊上沾着脂粉，于是提议道："冲个澡再回家怎么样？"

"星枝，你也不能不替老师考虑考虑呀。研究会的房子、乐器，凡是值点钱的东西全都拿去抵押了，为了筹措今天晚上这个会场的场地费，老师到处奔波了三四天呢。"

"估计置装费拖欠了不少吧，戏装店那边来讨过好几次了。我就讨厌这个。"

"星枝！"铃子再也忍不住了，"你知道'贫富只隔一层纸'这句话吗？"

"当然知道啦，就是说好景不长嘛，穷起来连缎子腰带也只好变卖呗。"

"就拿星枝你来说吧，难保什么时候不会卖掉缎子腰带，讨饭糊口呀。你就是太不懂得体谅人了。好比刚才吧，你看你

43

一副令人讨厌的面孔,自己不觉得过分吗?我作为弟子照顾老师,有什么不可以的呢?"

"不检点!"

"不检点?怎么不检点了?"

"就是不检点,老师赤身露体的,你还一个劲地触摸他的身体,还不是不检点?"

"你说什么呀!"

铃子完全没有料到星枝会说这种话,她像是胸口被人猛地捅了一刀似的,顿时说不出话来。

"快去冲个澡吧。"

"你是叫我把手洗干净吗?"

不知怎么的,铃子觉得自己好像受到了屈辱,她板起了面孔。

"铃子,我不愿意看到你做那种事。"

"为什么?"

"太叫人寒心!"星枝加重语气,斩钉截铁地说。

铃子沉默了,好像彻底被打败了似的。

"我觉得你太可怜,我实在看不下去啊,所以不由自主地就会来气。"

"为了我吗?"

"当然啦。"

"我明白了,也很高兴。"铃子自言自语地说,"千金小姐和贫苦人家的姑娘到底是不一样啊,也许这是天生的性格,我无话可说。我只是同情老师，真心想尽一尽本分，根本不是出于作为贴身徒弟理应做这些，或者为了赢得老师的青睐这一类目的，才照顾老师日常琐事的，我就是喜欢帮着老师分担一些。话说回来，女人结了婚，还不是这些都得做……"

"要是别人的话，爱做什么做什么去，我才不理会呢。我是喜欢你，才不高兴的，我打心里感到不是滋味啊。"

"唉！"铃子搂住星枝的肩膀，让她坐到化妆台前。

"我来给你化妆吧！"

星枝顺从地点了点头。

两人都已经换上了自己的洋装。铃子给星枝重新梳理了一下头发，说道：

"我从十四岁起就当了老师的贴身学徒，他还送我上女子学校，对我很慈祥，就像对待自己的女儿一样。可是，我还是和女佣一块儿干厨房活儿，毕竟是在别人的家里，现实环境使我变成一个懂事的孩子，不管什么事我会首先考虑别人的心情，而不是只考虑自己的。我把心思都用在了学舞蹈上，也学会了忍耐。"

"说到别人的心情，那是旁人可以了解的吗？我真怀疑。"

"我不需要和你讲什么大道理。老师没有师母，也许就因为这个缘故，我觉得自己更加了解老师的心情。我甚至会想，假如我不在老师身边，老师会变成什么样子呢？说不定一天到晚都穿着件脏衬衣，指甲长了也不知道修剪一下吧。"

"挖空心思去了解别人的心情，你不认为很可悲吗？"

"是可悲呀，所以我才深深地感到艺术是多么的可贵，要不是献身于艺术，我肯定就变成一个性情乖戾、坏心眼的人，或者和自己年龄不相称的小大人啦，肯定也不再有一个少女应有的样子了，这全得感谢艺术的拯救之功啊。"

"说到艺术，我很害怕。"

"舞蹈不就是艺术吗？正因为星枝你有舞蹈的天赋，人们才会原谅你的散漫任性和自私，不是吗？你一旦跳起舞来，简直就是个无可救药的疯子。"

"不知道为什么，我总觉得所谓的艺术真的很可怕，因为我老是着迷于其中不能自拔。当我不顾一切纵情跳舞的时候，心情特别舒畅，感觉好像在太空中遨游一样，但是又说不清楚为什么，又有点不安，担心自己究竟会飞往哪里去？结局会怎么样？那种心情就像做梦梦到自己遨游太空一样，因为你什么也抓不住，就一个劲飞快地在翱翔，想停也停不下来，完全无法控制，好像躯体不再是自己的了一样。我不想迷失掉自我，所以无论什么事情，我都不想沉溺其中。"

"你这位大小姐要求太高啦！自命不凡，才敢说出这样的话来，真叫人羡慕呀。"

"也许是吧。铃子你真的立志想当一个舞蹈家吗？"

"讨厌！事到如今还有什么好说的呀。"

铃子一边笑着一边拿起粉扑，在星枝脸上轻轻扑了几下。星枝一声不吭，闭上眼睛，将下巴颏稍稍的向前扬起，说道：

"你瞧，我这副样子显得多失落啊。"

铃子给星枝擦脂描眉，一边问道：

"刚才是什么让你突然间伤感了？从来没见过你那样乱来呀，冷不丁的一下子失了范儿。"

星枝毫无表情，仿佛一副美丽的假面具一样。

"万一我在舞台上摔倒，那不是出洋相了吗？"

"因为我不想跳了呀。刚要往台口移动，忽然看见母亲坐在观众席上，心里就不痛快，舞步也一下子乱了，怎么也跟不上音乐的节奏——伴奏也太差劲啦。"

"啊唷，你母亲来了？"

"她把她相中的女婿候选人悄悄带来啦，可我不愿意把我露着肩膀跳舞的样子让他看到啊。"

铃子惊愕地看着星枝的脸。

"好了。"铃子将眉笔放入镜台旁的化妆包里，随即又道，"哎呀，项链呢？收在哪里了？"

"不知道啊。"

"本来就放在这儿的嘛。你真的不知道？真糟糕！怎么会没的呢？你稍稍让一下。"

铃子说罢，忽而拉开化妆台的抽屉，忽而又看看镜台后面，慌里慌张地东寻西找开来，星枝也不阻拦。

"算了，说不定女佣拿回去了。"

"要是她拿走就好了，可是没看见女佣收拾过化妆台呀。要是弄丢就糟了。我不该把它放在这种地方，它可不是舞台上使用的玻璃做的假项链啊。我去问问别人就来。"

47

铃子急慌慌地走出后台，星枝则对着镜子顾影自怜。

屋外的晚风带着初夏的暖意，但后台因为堆放着舞蹈服装、花束，还有姑娘们的胭脂等等，仍荡漾着晚春的气息。娇嫩的肌肤，仿佛要润出香露来似的。

上午八点，往返美国航线的"筑波号"轮船驶入了横滨港。

由于职业的关系，竹内他们经常迎送外国音乐家和舞蹈家，他们估算好了轮船靠岸的时间，稍稍晚来了一点。

尽管如此，海关楼顶的尖塔迎着初夏的朝晖，还有街道上行道树投下的树影，一切都表明，他们还是在上午便赶到了。

汽车在海关前停下，铃子去里面的船务部买了入门券。这儿不愧是码头，只见右首低矮的仓库排成了长长的一列，他们就从这儿翻过新港桥。桥的左面便是海面，脏兮兮的，就像臭水沟那样。在三菱仓库前面，停泊着许多日本老式木船，船上晾晒着衬裙、布袜、衬裤、贴身内衣，还有尿布和小孩的红衣裳等各种洗好的衣物，看上去旧得不成样子，倒是给周围现代化的海港风情增添了一丝异国情调。有的船上则是吃完早饭的人正在洗涮餐具。

除了竹内和铃子，另外还有两个女弟子也跟着一起来了，其中一个在海关岗亭前下了车，将携带的照相机交给对方检查。

一行人来到四号码头，星枝已经等在那里了。她家就住在横滨,所以独自先过来了。

"哟,你来啦。"

竹内一下车,马上将捧着的花束交到了星枝手上。星枝接过花束,嘴上却在说:"可是老师,我不认识南条君呀,这花我不能献。"

"没关系的,他以后就是你们的舞伴,要和你们一同上台演出啦。他是我值得自豪的弟子,和你就是师兄妹了。"

"我和铃子约好,不和南条君跳舞的。不来接他就好了。"

竹内笑了笑,没有再说什么,他走到轮船公司派驻人员那里去查找乘客名单。铃子也从后面凑上去瞧了几眼,叫道:"啊,有了,老师!是一百八十五号舱房。到底还是回来了,回来啦!"

铃子神采飞扬,差点手舞足蹈起来。她将手搭在竹内的肩上,竹内也喜形于色,说道:

"是啊,到底还是回来了。"

"简直像在做梦啊,我的心怦怦直跳呢,老师。"

他们满面笑容望着海港。

南条怎么会没有通知竹内老师一声就回来,除非他疯了。这究竟是怎么回事?因此,在码头上等候轮船靠岸的时候,重逢的喜悦之中也夹杂了对于南条的怨愤、不解。作为自己最心爱的弟子,竹内的脑海里浮现更多的或许还是少年时代南条的身影。

他们登上码头的二楼,在紧邻轮船靠岸泊位的餐厅里等候。那里也站满了接船的人，所有人都透过敞开的窗户远眺着海港。女弟子们沉不住气，只沾了几口红茶，便将花束搁在桌上，到餐厅外的走廊上去了。

海港沐浴在初夏午前的灿烂阳光中。

摩托小艇在停泊着的各国邮轮和货船的空隙间穿梭而过。

铃子连哪艘船是"筑波号"都还没弄清楚，就已经兴奋得不知所以了。在横滨长大的星枝指着海面远处说道：

"是那艘，喏，正朝这边驶过来的那艘漂亮大船，烟囱又粗又矮、白烟囱上带红色横条的那艘。据说，轮船要是没有烟囱，船上的乘客就会有一种不安心理，所以现在的轮船烟囱都装饰得漂漂亮亮的，称为装饰烟囱，这是轮船公司招徕旅客的一种策略。烟囱大，看起来好像就更有安全感，速度也更快似的。"

铃子看清了"筑波号"，便开始展开了想象，想象着南条眺望令人怀念的祖国的土地，他的心情该有多么喜悦啊。她仿佛自己化身成了南条似的，兴奋不已。

"南条大概也在望着我们这边吧？肯定是的，说不定正站在甲板上用望远镜看呢！"

铃子说道，仿佛借用身旁那个女人手上的望远镜亲眼看到了似的。那个女人脚蹬厚底的草编木屐，头发卷着大大的波浪，身穿一件长袖和服。

"开始靠过来，到完全停靠好还有段时间呢，我们先去溜达溜达吧！"

星枝说罢，挽起铃子的胳膊。

她们逆着匆匆向码头赶来的汽车和人群往前走，折回刚才来的那条路，铃子一边走一边还心神不宁地回眺着"筑波号"。

星枝翻开报纸的神奈川版，看着"进出港船只"一栏的讯息，不知不觉地读出了声："今日进港船只……今日出港船只……明日进港船只……明日出港船只……今日泊港船只……"她一边读一边指点着停泊在港湾内的船只熟练地介绍道，这艘是邮政部资助建造的豪华级货船，那艘是达拉公司的轮船，等等，果然是土生土长的横滨姑娘，铃子却听得心不在焉。

她们走到栈桥。栈桥外横靠着一艘往返欧洲航线的英国轮船，甲板上只有一个水手，正朝这边俯视。她们靠近船舱，只觉得静得可怕。

栈桥餐厅已经停止了营业。

一辆货运马车"嘎嘎吱吱"地踱了进来。拉车的马儿又老又瘦，赶车的车夫和马倒是很般配，也是一副瘦瘦弱弱的样子，他坐在车上打着瞌睡，眼看就要掉下来，进而成为倒毙路旁的冤鬼。虽然称其叫马车，其实只是一辆木板四角竖有立杆的破车。

对面走来一对像是英国人的老夫妇，牵着一个十二三岁女孩的手，不声不响地返回到船上。女孩刚才还用甜美圆润的嗓子唱着歌。

星枝和铃子站立的地方，算是栈桥的上层，抑或说是栈桥的二楼，她们站在最前面，默默地眺望着海港。隔了一会儿，星枝忽然问道：

"铃子，你要跟南条君结婚？"

"哎呀，这是哪儿的话呀！你为什么这样问？真讨厌！那不过是谣传。"

"你不是一心等着南条君回来然后和他结婚吗？"

"胡说！那只是别人的说法而已。"铃子急慌慌地解释道，随即又自言自语道，"我那时还是个孩子呢，他到外国去的时候，也是把我当小孩子看的。"

"原来是初恋啊。"

"那是五年前的事啦。"

"铃子要是结婚，老师会感觉失落的。"

"哎哟，星枝也会这样体贴人，真难得啊。我告诉老师，他一定会很高兴的。"

"可是，鱼糕不可能永远粘在案板上，弟子一个个也总归要结婚的嘛。"

"不过，南条要是还有点想念我的话，也不至于连招呼都不打就回来呀，不应该连封信、连封电报都不来呀。"

"我们还来接他，真是傻呀！"

"南条君一定会喜欢上星枝你的。"

"没见过你这么没自信的人，还尽说违心的话。"

她们两人回到四号码头的时候，"筑波号"巨大的船体已经靠近过来，仿佛压向前来迎接的人们的胸口。

船上奏起了音乐。

海鸟成群结队聚拢过来，又从轮船与码头之间匆匆飞去。摩托艇分别从"筑波号"的船首和船尾将缆绳拽了过来。码头上的人们你推我搡，纷纷将身子探出栏杆。已经看得见船上的乘客了，他们也踮起脚站在甲板上，有的挥舞着国旗，有的手拿着望远镜眺望，吊着成排救生艇的船舷下方，每个圆形窗口上也露出一张张面孔。

码头上有人高举像是迎接退伍士兵的那种国旗，洋人的家属彼此拥抱，挥舞帽子。唯有一位日本姑娘，对嘈杂的人声似乎无动于衷，独自一人倚在餐厅的墙上，悠然翻阅着一本外文书。码头最靠近轮船泊位的地方，簇集着一群揽客的酒店旅馆从业人员。欢迎的人群中，不光有打扮得光鲜亮丽迎接镀金归来的留洋者的人，也有乡巴佬打扮的人，看来是迎接他们成功移民的富亲戚的，还有些船员的眷属，甚至还有出没于港口的娼妇，她们都是一副睡眠不足的惺忪模样。

船上人的面容都能看清了。船上和岸上的人们感情互相传递，顿时掀起一阵欢乐的高潮，这真是一个令人专注而兴奋的时刻。

"啊，太高兴啦！"

一位面容姣好的小姐踮起脚尖，跺着脚，情不自禁发出感叹，大概是发现了自己心心念念期盼的人。

铃子在一旁看见了，自己也不知不觉被这情景所感染，她高举起手里的花束不停摇晃。竹内提高声音问道：

"哪里？哪里？南条在哪里啊？看见了吗？"

"没看见，不过，就是觉得高兴呀。"

"好好找找。看见了吗？"

"南条君一定已经看见我们了。"

"奇怪，连个像一点南条的人都没看见啊，真奇怪。"

身旁的人都急匆匆地往下面去了，竹内一行人也随着走出候船室。等候接船的人早已排成了长龙，铃子和星枝夹在拥挤的人群中被左推右搡的，只好将花束高高地举过头顶。

过不多时，允许上船的时刻到了。他们也从B甲板一同登上船，本以为南条会在入口大厅里等候，可是四下寻了一遍都没有发现他的身影。

"肯定还待在舱房里吧。"

他们急忙赶到一八五号舱房，果然看见门扉上挂着的乘客姓名牌上，用拉丁字母写着南条的名字。但是舱门紧闭，敲门也不见应答。

接着，他们又匆忙来到A甲板的散步场地、吸烟室、图书馆、娱乐室，还有餐厅都找了一遍，也没有发现南条的身影。他们所到之处，尽是亲人、恋人或者好友喜庆相逢的场景，被冲撞、被推挤，他们只得快步从人群中脱出身来，渐渐地，竹内的脸色变得难看起来，脸也拉长了。

铃子和星枝登上狭窄的舷梯，那里是儿童游戏室。

"哟，这儿竟然还能玩沙子哪。"

星枝抓起一把沙子，露出难以置信的表情。铃子却在狭小的沙坑旁边哭边跪坐下来。

"太可恶了,太可恶了!真是太过分了!"

"有什么好哭的,"星枝说着,紧闭双唇,握紧拳头,"多痛快啊,真有意思。"

竹内急得双眼充满血丝,到办公室打探去了。

"请问一八五号舱房的南条已经上岸了吗?"

"哎呀,客人那么多,您问的我还真不清楚,不过这会儿,当班服务员应该还在那房间附近,他也许知道的。"办事员回答说。

他们又返回舱房,向在那儿打扫卫生的服务员打探。服务员:"客人差不多都上岸了吧……"

一八五号舱房依然紧锁着。

狭长的走廊两侧是并排的舱房,只有舱板上的油漆闪着白花花的寒光,一个人影也看不到。

女弟子们带着不安的神色,在大厅里等候。那里也早已一片安静。竹内强压住心头的怒火,苦笑着说:"他应该已经上岸了。看来我们在岸上等他就好了。"

也许真是这样。码头分上下两层,前来迎接乘客的人群从下层登船,船上的旅客则从上层离船登岸,这样做大概是为了避免人潮混杂,而从岸上连接到岸轮船的临时渡桥也分上下两层,说不定竹内他们上船之前,南条就已经上岸了。

旅客的行李被源源不断地从船上运下来。

一行人正要下船时,星枝一把将花束扔进了大海。铃子望了一眼那漂浮在波浪上的花束，又茫然若失地凝视着自己手上的花束。

码头二楼的餐厅里又热闹起来，回国的人中有人在即兴致辞。

他们来到码头后门，甚至连停在那里的汽车内也搜寻了一遍，最终还是没有发现南条的身影。向报社记者打听，记者回答说，他们也在寻找南条，想请他谈一谈回国感想呢。

也许竹内对此感到屈辱和愤愤所以故意躲开了，又或者因为心情激动难以平复，他想独自安静一会儿吧。

"叨扰您了，对不起，我先告辞啦……"

竹内说罢，头也不回就走了。

女弟子们面面相觑，谁都不知道怎么才好。这时星枝家的司机将车子开了过来。

"回家吗？"铃子咕咕哝哝地问了一句。

"不回家！"星枝摇摇头。

"可是……"

铃子怔怔地目送着竹内离去的背影，望着望着不由得热泪盈眶，一个箭步冲了过去。

"老师！老师！"铃子朝竹内快步追上去。

两个女弟子不知所措，望着星枝问道："你不回家吗？"

"不回啦。"

"那么，我们先走一步了。"

"再见！"

星枝独自一人再次回到船上。她来到南条的舱房外,悄悄倚在门上,一动不动,闭上眼睛,神情冰冷冰冷,好像一副假面具似的。

码头仓库的红色屋顶,街边行道树的嫩绿,前面耸立着白色洋房的街道,还有海面上吹来的微风,无不给人一种清新舒爽的感觉。铃子皮鞋踩在地上的声音显得格外地响,大概是她要追上竹内的心情特别急切的缘故吧。她心无旁骛,一门心思只管往前跑着。

"老师!"追上时几乎一头撞上了竹内。

"噢,"尽管出乎意料,但竹内还是显得很高兴,"就你一个人吗?"

"嗯。"

铃子摘下帽子,甩了甩头发,用手拭了把汗。

"已经是夏天了。"

"天气真好啊。"铃子快活地笑了,"也不知道星枝她们怎么样,我是一头跟在老师后面追上来的。"

竹内没有作声。铃子一边走一边下意识地瞥了一眼竹内的脸色。

"说不定南条在酒店里休息吧。"

竹内说着,走进新格兰酒店。可是,南条似乎并没有进来过。于是竹内很快又走了出来。

"我们吃午饭去吧。"

等候在外面的铃子依然脸色阴沉,一个劲地摇头。

"那么,我们再走走吧。"

铃子点了点头。他们从郁郁葱葱的山下公园旁,翻越两边垂柳飘拂的谷户桥,沿着两侧满是西式花店的坡道,朝山冈上挂着气象站旗子的方向走去。前面传来一阵赞美歌,好像是少女们在合唱。两人被歌声吸引,便不知不觉走进了外国人墓地[①]。

尽管是墓地,但这里没有半点阴森沉闷的气氛,相反充满了欢快的气息。墓地内绿草如茵,大理石墓碑的白色十分醒目,墓碑四周饰有鲜嫩的花草,在初夏正午的阳光照射下灿灿晶明,简直就是一处清洁、整齐、欢快而又静谧的庭园。从山冈的陡坡上极目远望,右边停泊在港湾里的船只、依港的市街、伊势崎町的百货商店以及远处的重山叠岭,统统尽收眼底。

赞美歌是从山麓那边的墓地传过来的。估计歌唱者是基督教学校的女学生们。

入口的道路一旁土堰上盛开着杜鹃花,那艳艳欲燃的红色似乎印在了大理石的十字架上。

女子衣服的艳丽色彩,在草坪和空气的映衬下,看上去像

---

① 外国人墓地:位于横滨市中区山手町,文久元年(1861年)起被指定为外国人专门墓地,包括中华义庄、根岸外国人墓地、英联邦战死者墓地等,后演变为休闲观光地,曾入选"横滨五十胜景"。

是一幅明亮的图画，尤其是年轻姑娘身穿的和服，简直妙不可言。眼前无遮无碍，一览尽收，感觉仿佛自身浮游于城市的上空一般。这里是横滨的一处名胜，因此墓地内不光有前来扫墓的外国人，还有盛装前来游玩的日本姑娘流连其中。

二人边走边好奇地读着墓碑上镌刻的类似"为我爱妻的神圣回忆"这样的碑文，还有下方刻着的圣句等，或许是这些与墓地结下不解之缘的人的那份挚爱和悲伤，引起了铃子的共鸣，她也情不自禁地将自己的纯朴感情流露了出来。

"哎，老师，南条君真的回来了吗？"

"当然回来了，舱房门上清清楚楚写着他的名字嘛。"

"不会在中途跳海了吧？"

"他怎么会做出这样的傻事呢！"

"我真难以相信。我总觉得舱房里装的是南条的遗骨或者灵魂漂洋过海回来了呢。"

铃子说罢，发现自己脚边有一座小小的坟，簇新的大理石碑上雕刻着百合花的图案。

"啊，多可爱啊。这是婴儿的墓呀。"

她将那束一直无意识地拿在手上的花束，随手放在了墓前。

小小的墓碑前面，是一片用大理石围起来的花圃，那里不仅有种植的花草，还有扫墓者带来供在这儿的盆花。

"星枝把花束扔到海里去了，她不像我一直拿在手上到处走。什么南条君不南条君的，把花束扔在这个外国人的墓前不是很好吗？"

"是啊。"竹内漫不经心地答道，随即抬起腿往一处岬角般突出的花圃走去。唱赞美歌的少女们沿着山冈下面的坡道返回去了。铃子挨在竹内身旁坐下，说道："老师，前些时候汇报演出的那天晚上，我曾经和星枝约好了，我们绝不跟南条君这样忘恩负义的人一块儿跳舞，也不来码头接他，可是老师您说要来接他，所以……"

"唉，算了不说了。"

"我想他绝不会不跟老师打声招呼就踏上日本土地的。"

"他可能有他的考虑，也许发生了什么情况吧。总之，他的的确确是乘坐'筑波号'回了国、上了岸，大不了在日本全国找找，怎么可能找不到嘛。他的职业就是登台跳舞，想永远躲起来终归是不现实的，你一定要把他找出来！"

"我不愿意。"

"你不是还和南条有过什么约定吗？"

"约定？"

"就是南条出国之前嘛。"

"没有，什么也没有约定过啊！"铃子一本正经地连连摇头，"就我送他到码头的时候，他对我说了一句：在我回来之前，无论遇到什么事情，你都不可以放弃跳舞哦。就这些啊。"

"你应该遵守这个约定啊，哪怕把我这个老朽扔到这座坟里，也要和南条一起跳舞！"

"怎么会呀，我怎么会离开老师您呢，您别这样说啊！"

"没关系的。学习艺术比这还要残忍无情呢，哪怕是自己的父母兄弟，没有一种见死不救的勇气是学不成的，要忘掉那种廉价的人情世故，首先要树立自我献身的精神。"

铃子久久盯着竹内的脸。

"老师说的不是真心话。"

"你说的才不是真心话呢。"

"老师是最心疼我的呀。"

"那倒是。可是这五年来，你不是心心念念地盼望着南条回国吗？一旦心愿就要实现了，又七想八想的，要么怕被南条嫌弃，要么担心自己会紧张得缩手缩脚的跳不好，连南条事先没有通知乘船回国这点芝麻绿豆的小事，也要骂他几句，跟忘恩负义的狂人什么的扯到一块儿，你还不是在说昧心话吗？"

"我这是真心话啊。老师难道不觉得南条君太过分吗？"

"当然，我也生气。"

"可是，您还是来接他了。"

"是啊，为了把将来照料你们的事托付给南条，我宁可忍辱来接他。"

竹内嘴上说得漂亮，心里却自感歉然，同时还有点失落。他本打算请荣归故国的南条担任研究会的助手，以便重新收获人气，摆脱经济拮据的困境。但眼下的铃子，心头是绝对不可能想到这种事情的，她为竹内的话而感动，点点头说道："嗯，我完全理解老师的心情，所以更加觉得遗憾呀。"

"这种事情没啥好遗憾的，你一定要全神贯注地在舞蹈这条路上走下去。"

"我应该怎么做呢?"

"你肯定知道的嘛,就是紧紧抓住南条啊,要想尽一切办法把他在西洋学会的所有本领学到手,用一种把他的生命彻底榨干的劲头把他征服!假如南条真的背叛了我和你,那么这样也可以算是一种复仇吧。假如他真是个藏奸藏恶的坏人,而你真的爱他的话,你就和他一起同归于尽,这样你也没什么好遗憾的了,我会为你们料理后事的。永远不带任何遗憾地生存下去,这也许才是艺术的本质。你思念了南条整整五年,现在却为这一点区区小事而给纯真的爱情蒙上阴影,岂不是太不值了吗?"

铃子听着听着,不禁潸然泪下。

竹内的这番话完全抛开了与他这个年龄相适的理智,大概是出于对年轻一代的嫉妒,对逝去的青春的追悔,同时也是出于对铃子的怜爱。当他察觉到这些话似乎已经在铃子心里得到了感应,便霍地站起来,说道:

"即使南条忘恩负义,人们还是会为他的舞蹈而喝彩的。"

铃子抬起头看着竹内,紧追不舍地追问道:"您很伤感是吧,老师?"

"你那样子哭,不也是为南条嘛。"

"那不一样。反正我听了老师的话,不知怎么的就觉得很伤感。"

"你不要往心里去。"

"可是，我从来没想到，老师竟然会对我这样冷淡……"

竹内惊讶地看着铃子，随即若无其事地说道：

"友田的家就在这附近吧？"

"嗯，星枝大概已经回到家了。"

"顺路去看看怎么样？"

铃子没有作声，摇了摇头，站起身走开了。

竹内和铃子走进外国人墓地的同时，星枝正一声不响地站在那儿，身体倚在南条的舱房门上。她板着面孔，就像一副冰冷没有表情的假面具似的。

忽然，响起了用钥匙开门的声音。星枝悄悄地退到一边。门轻轻地打开，星枝的身体正好被掩在门后。只见一个女人从舱门内探出头来，扫视了一下走廊，随后，南条从女人身后走了出来。

南条拄着一根松木拐杖。

女人用手轻轻碰了一下舱门，门自动关上了。

这下南条和女人发现了星枝，两人都吃了一惊，停住了脚步。但是，星枝和南条彼此并不认识。

星枝依然倚在那儿，一动不动，只是低垂下头来。

南条他们不得不从星枝面前走过。星枝也迈步跟了上来，但与他们二人稍稍拉开了一点距离。

女人不安地回过头去，盘问似的问南条："她是谁？"

"不知道。"

"撒谎！"

"我要是认识她，早就打招呼了。"

"我在场，所以你假装不认识吧。"

"你瞎说什么呀。"

"可是，她不是等着你出来的吗？"

"可我并不认识她啊。"

"真不要脸，竟然跟在我们后头，讨厌！"

两人的对话星枝没听见。她攥紧拳头在自己的腰部捶了两三下，一副气鼓鼓的样子，随后紧闭双唇走开了，仿佛与他们两人并无相干似的。

船上已经一个乘客都不剩了，码头也变得静悄悄的，只有码头工人在搬运从船舱卸下来的行李。

南条和那女人逃也似的从码头后门走出去，坐上了出租车。

南条的右腿似乎有点瘸。

女人的岁数看上去比南条大，约莫三十开外，十足的美人，很有点西洋派头。

"小姐，您怎么啦？"星枝的司机拉开车门，惊讶地问道。

"跟上前面那瘸子的车！王八蛋！"

"哦，是刚才那两个人？"

"对，绝不要让他们跑掉，不管开到哪儿都要追上去！"

司机慑于星枝的气势，赶紧发动车子追了上去。

"怎么回事，那个是什么人？"

"是个舞蹈家，拄着拐杖的舞蹈家，真是天方夜谭啊！就好像哑巴歌手，太滑稽了。"

"追上了怎么样？"

"我也不知道。"

"您今天来接的人就是他？"

"是啊。"

"那位太太，是他的家人吗？"

"不知道。"

"您以前就认识他吗？"

"不认识。"

"只要把车号看清楚，随便他们上哪儿，以后也可以很快弄明白的。"

"真啰唆！追上去就是了。你说这气人不气人！"星枝粗暴地训斥道。

汽车一个劲地驶出街市，朝着横滨郊外疾驰而去。从藤泽穿过一片松树林，前方豁然开朗，亮晃晃的大海扑入眼帘，江之岛霎时出现在了眼前。

汽车已经驶出相当远的路程。前面的出租车老早就发现后面有车子追踪，也许是想甩掉星枝的车子，才故意跑这么远的冤枉路。

对南条而言，星枝的举动实在无法理解。从星枝的年龄来考虑，他离开日本时，她也就十五六岁，这样一个少女，他是不会有任何印象的。可她刚才那面无表情的态度、冷冷的举止究竟是怎么回事呢？与其说是傲慢和执拗，不如说她的美丽中仿佛有种虚无之力向人迫来，从而给南条留下了可怕的印象。但他却不能停车去质问她为什么要跟踪自己。

女人一心怀疑南条和星枝之间藏着某种秘密。尽管如此，这个妙龄小姐看上去并不像是不正派的人，但她为什么要如此大胆地紧盯紧跟，仍叫人难以捉摸。

星枝也觉得自己的行为几乎不可理喻。

汽车从江之岛朝鹄沼方向疾驰。这是一条适合兜风的海滨公路，左侧是沙滩，右侧是片松树林，视界开阔、无遮无垠，使得晴空下的柏油公路宛如一条白线，远方的伊豆半岛上空也是万里晴彻，富士山露出了它的英姿。海浪发着怒啸，一望无尽的沙滩则令人心情放松。小松树低矮而整齐，看过去一派宁静而舒爽。还有一片松苗丛生的沙地，种满了松树。

两辆汽车都高速行驶着，看起来完全是莫名其妙的兜风。

不一会儿，前面那辆车子在辻堂的松树林处一拐弯，就消失在了一幢别墅的庭院内。

后面的车子放慢了速度，稍后拐进那条小路。星枝想看看门牌，当她将身子贴近车窗时，南条忽然从门后闪了出来。由于门前路窄，车身都是几乎擦到路旁的松枝，所以南条和星枝两人的脸孔距离十分近，甚至连对方的呼吸、肌肤的温度都能感受到。

星枝脸上蓦地腾起一片红晕，她立即紧闭双唇。

"你是谁？有什么事吗？"南条尽量装作平静地问道。

星枝没有作声。

"你一路跟踪我到这儿来的吧？"

"嗯。"

"到底为什么啊？"

"疯了呗！"

"疯了？你？"

"是的。"

南条惊讶地凝视着星枝。

"唔，疯子，有意思，我喜欢疯子。既然追到这里了，就请你到屋里坐坐，我们谈一谈好吗？"

"没什么可谈的。"

"太失礼了吧？你为什么要追到这儿来呢？不说清楚就不让你走。"

"就是发疯了啊。"

"别开玩笑！你是在戏弄我吗？"

"这是说你呢，我只想侮辱你一下。"

"什么？！"

星枝向司机发出示意，赶快开车。此时的她，忽然难过得闭上了眼睛，说道：

"弄根拐杖假模假样的，我才不会上你的当呢！"

南条目送星枝的车子远去，仿佛做了一场噩梦。

铃子在教小孩们练习基本功。

这些女孩年纪很小，和上次跳《花之圆舞曲》时上舞台献花的小女孩差不多。铃子教孩子有方，又能亲切地照料她们，所以她常常代替竹内指导排练。

离这些女孩稍远的地方，有三四个年纪稍大的少女学员，她们或是将腿架在把杆上，或是对着镜子纠正自己的动作，或是按照编排好的舞蹈动作练习其中的片段，各自都在自顾自地忙碌。

竹内在会客室与经纪人商谈着。

竹内带着困惑的神情说，刚刚收到南条寄来的信，信上说，南条右腿患上了关节病，只能靠拐杖行动。作为舞蹈家，他已经不能站立，成了一具行尸走肉，自己不得不彻底打消了跳舞的心思，想到恩师的悲伤，实在不忍心让恩师看到自己那副可怜的样子。

以南条回国为前提而制订的计划，全都成了泡影。尽管南条连自己乘船回国的消息都没有告知，不过竹内还是毫不怀疑，南条一定会回到自己的怀抱。所以他计划先在东京，然后前往大阪、名古屋等地举办回国汇报演出，他将带领自己的弟子共同演出，并且已经同剧院签订了合同。

"不过，他自己跳不了，但不妨碍他担任舞蹈设计嘛。拄着拐杖进行艺术指导，还可以收到悲剧性的宣传效果，不也很好吗？"年轻的经纪人说。

"我可不想把悲剧当幌子招徕人，那样子对南条太残忍啦。"竹内对此提议毫无兴趣。

"不要犯傻啦！好不容易在国外学习了五年回来了，应该让他在编舞这方面开创出一片新的天地啊。"

"我们设身处地替南条想一想，也许他希望把舞蹈忘得一干二净呢。总之，见不到南条，就没办法了解他的真实想法。估计他会来致歉的。"

"这种脉脉温情，反而会害了南条。无论如何也要叫他干呀。"

"谁脉脉温情啦？你不明白呀。"

经纪人毫不客气地反驳道，现在不是讨论这种问题的时候，应该利用一切有宣传价值的东西，让研究会尽快走出经济困境。这话显然没说错，由于缴不起税金，研究会的钢琴已经被查封，与南条的信同时送达的还有税务局的拍卖通知。

不管怎么样，在见到南条本人之前暂时不做定论，因此最终只谈妥了为浴衣做巡回宣传这一件事。这相当于一个巡回推销团，就是前往各地巡回演出，免费招待购买浴衣的顾客观赏音乐舞蹈表演。这将是一次长时间的远行，虽然竹内并不是很起劲，但他还是决定让铃子和星枝参加巡回演出。

"还有，南条拄拐杖的事情请你们，因为他连我也没告诉，一点没声张就悄悄上岸了，实际上对我们研究会的铃子都没说起过呢。"竹内叮嘱完，便和二人一同走出屋子。

竹内来到排练房，铃子正和着片播放的童谣的节奏，在指导女孩们跳舞。她自己也仿佛成了小女孩，给她们做着示范。

年纪稍大的女弟子在更衣室刚刚脱下排练服。

竹内观看了一会儿孩子们的排练，便走到铃子身边，对她说：

"我出去一趟，这儿拜托你啦。"

"哎！"

铃子向女孩们说了声"继续练习刚才的舞蹈动作"，就走到后面，帮着竹内更衣去了。

竹内一边系领带，一边说：

"上次说起过的给浴衣做广告宣传的巡回演出，决定了让你参加，虽然这种活儿不怎么上档次。"

"不管怎么样都是一种学习，我只管好好表演就是了，我一定会劲头十足跳的。"

"这次是长时间的远行啊。"

"节目定下来了吗？"

"这次是乡间巡回演出，排一些场面热闹、符合大众口味的舞蹈就行了。这种事情，就按你喜欢的去准备吧。"

"嗯，我回头再考虑考虑，包括服装什么的都想想。"铃子说着将竹内送了出来，又说道："像是要下雨，老师，您早点回家吧。"

回到排练房后，铃子将手上的竹内的排练服拿起来闻了闻，便随手扔进了浴室，然后又继续指导起女孩子们跳童谣舞蹈来。

终于，孩子们结束了排练，都回家了。

宽敞的排练房内，只剩下铃子一个人。

她将身子倚在钢琴上稍事休息，一只手不由自主地在键盘上敲击起来。随后，她挑了一张唱片，静静地听着。大半支曲子过后，她忽然动作激烈地舞了起来。

她打开壁橱。这壁橱像一个镶嵌在墙内的大型西服衣柜，里面挂满了舞蹈服装。铃子触摸着这些衣裳，似乎要追忆它们蕴聚的桩桩往事一样，然后迅速地从中取出来两三件。

大概是为巡回演出做准备吧。她检查了一下抱着的这些衣裳是不是马上可以穿用。衣裳上仿佛有舞台的幻影在隐隐闪动，铃子不由得又想跳舞了，她将舞蹈服直接套在排练服外面。

天已擦黑。外面好像下雨了。

整面墙上的大镜子在渐渐昏暗的房间里反而更加凸显出来了，上面映出铃子的舞姿，宛若鱼儿游漾在水中一样。

门口传来敲门声，翩翩舞动的铃子没有听见，留声机仍旧在响着。

门被轻轻拉开。有个人走进来，静静地站在那里看她跳舞，看了好一阵子，铃子一点也没有注意到。

"咯笃咯笃"，拄着拐杖走近的声音响起，正在做迎风展翅[①]造型的铃子这才大吃一惊，旋即停住了舞步。

[①] 迎风展翅（Arabesque）：又叫"阿拉贝斯克"，芭蕾舞的基本造型之一，演员单足站立支撑整个身体，动力腿向后高抬九十度以上，双手前后伸展，宛如迎风展翅，线条流畅，姿态轻盈，被誉为古典芭蕾舞最优美的舞姿之一。

"啊！是南条君？你是南条君吧！"

铃子慌忙跑上前去，差点摔倒在地。

"你回来了，到底还是回来了！"

"你是铃子吧？"

"太高兴了！"

"差点认不出你来了。你跳得真好啊。"

"噢，你真的回来了！不过，你太过分了，太过分啦！"铃子晃着南条的身体叫道，然而当她触到那根拐杖时，倏地又将手缩了回去。

"哎呀，你怎么啦，受伤了？"

"老师呢？"

"受伤了？站着没事吧？"

"不要紧的。老师呢？"

"喂，这是怎么回事呀？"

铃子小心翼翼地搬了一把椅子到跟前来。

"我们到横滨接你去了，可是怎么也没找到你，真叫人伤心啊。"

"我躲在舱房里。"

"躲？"铃子脸色煞白，两眼直勾勾地盯着南条，"原来你在呀？我们那样敲门，你竟……原来你在呀，你真是个可怕的人！老师也和我们一起敲门找你呢。"

"老师他人呢？"

"出去了。你打算怎么向老师道歉啊？你真的做得太过分啦!"

"所以,我才来告辞的嘛。"

"告辞?"

铃子不敢相信自己的耳朵,南条平静地点了点头,继续说道:

"我就是只唱不了歌的金丝雀。正如你看到的,我现在已经不能跳舞了。"

铃子许久说不出话来。

"见不到老师也好,这样我的心情反而不会那么难受了。铃子,你能替我向老师郑重地道歉吗?你就对老师说,南条没有自杀回国来了,已经是万幸了。"

天色越来越黑了。

"对不起,我……"铃子好不容易挤出几个字来,眼泪已经扑簌簌地滚落下来。她像是呼唤远方亲人似的喃喃说道:"不能跳也没关系的,不能跳也没关系呀。"

这句话大概深深打动了南条,他沉默了。

"我等啊等啊,我是在等待中长大的啊。"

"可是,对老师来说也好,或者对你来说也好,我都变成了一个毫无用处的人。"

"不,有用处,你对我绝对有用处啊!"

"我对你还有什么用处呢?我能做什么呢?"

"能!就算其他的什么也不能,但还是有一样可以的。"

"你是说爱吗?"南条结结巴巴地说,"可是……是啊,你我所能做到的，顶多就是一块儿自杀了！"

"死我也不在乎！"铃子哭出了声。

"不要哭嘛。惨的人、想哭都哭不出来的人是我啊！"说着，南条从椅子上站起来，"我记得你以前好像不是这样爱动感情的人呀。"

"你这是偏见。我知道的，你需要我的爱情。"

"天黑了，让我再好好看看这个令人怀念的排练房，我就该回去了。"

南条朝熟悉的位置伸出手去摸索电灯开关，就在电灯亮起的那一瞬间，他突然惊住了。

他与墙上挂着的星枝的照片正好成了面对面，那虽是一张半身的剧照，但他一眼就认出来了是她。

"那个疯子。"南条情不自禁地喃喃自语道，然后若无其事地凝望着照片说，"人长得很漂亮啊，她也是老师的弟子？"

"是的，她叫友田星枝，前些日子，老师还为我和她两个人举办了一场汇报演出呢。星枝也到横滨码头去接你啦。"铃子说着，拭了拭眼泪。

南条扫视了一遍并排挂在墙上的照片，说：

"看样子弟子还不少呢，研究会现在怎么样？"

"日子不好过啊，亏你还想到问这些事。送你去留洋的时候，老师把这栋房子拿去做了抵押，你忘了？还有后来给你寄的生活费也……"

"这我知道。"

"师母去世了,你知道吗?"

"知道,她比我亲生母亲还要疼爱我。"

"打那以后,老师不知怎么的,身体一下子就衰弱下来了。"

"是吗?"

"老师说过,你回来后,他才可以放心地引退,他一心指靠着你哪,看样子他打算把研究会交给你打理。"

"请你转告老师,就说南条没能自杀而回来了。"

"到底是怎么回事啊?"

"你是问这个吗?我的关节不顶用了。"

"不顶用?是脱落了还是拉断了?很痛吧,治不好了吗?喂,你说话呀!"

"我下半辈子就靠这条腿啦!"南条用拐杖"咯笃咯笃"在地板上戳了几下,接着说道,"可是,木腿是没法舞蹈的啊!"

"什么呀,这个破玩意儿!"

铃子猛地飞起一脚将拐杖踹了出去。南条毫无准备,差一点打个趔趄,但没等他倒下铃子早已敏捷地将他的右胳膊绕到自己肩上,用身体支撑着他。

"你把我当作你的腿好啦,不要用木腿,用人腿走路,不是照样也能走吗?看,不是能走了吗?"铃子说着,耐心引导着南条缓缓地走了一圈。"老师把你当作自己的儿子对待,哪有做父亲的会不接受残疾的儿子呢?"

"谢谢，我也想用充满温度的人腿走路啊。"

南条说着，悄悄挪开铃子的手，弯腰将拐杖捡起来。

"请代向老师问好，我就不见他了。"

"我不让你走！"

铃子冲了上去。南条靠在钢琴上，用拐杖的杖尖使劲敲了两三下钢琴后面的洋鼓。

铃子被鼓声吓了一跳，撒开了手。

"我这是为了让你睁开理智的眼睛！"南条说。

南条所说的"你"，到底是指南条自己呢，还是铃子？铃子正寻思着，这时候南条已经走到门外去了。

"你要去哪里呀？下着雨呢！你现在住在哪儿啊？"

铃子追到外面，没想到门外有一辆汽车等候着南条，车子已经起步开走了。

铃子无精打采地回到排练房。

忽然，她好像想起了什么似的，大叫一声："铃子！"同时抢起鼓槌"咚！"的一声用力猛击了大鼓一记，"铃子！"接着又大叫一声，又猛击一记大鼓。

随后，她扔下鼓槌，麻利地脱掉衣裳走进浴室，搓洗起竹内的排练服来。

浴室四壁镶着白色的瓷砖，显得干干净净。铃子只搓洗了一件排练服，伸了伸腰，然后若有所思地站起来，将自己浸入浴盆，顿时一股暖暖的东西拥抱了她的整个身子，她不觉脸上泛起微笑，但随即掬起一捧温水泼在脸上，不由自主地盯着自己的胸脯和胳膊端详起来。

电话铃响。

铃子吓了一跳,身子缩成一团,往四下里打量了一下。

尖厉的电话铃声在静谧的房间里响个不停。她顾不得身上湿漉漉的,披上后台便服,拎起了电话听筒。

不知道为什么,铃子的心跳得厉害,嗓子眼也有点发堵。

"喂喂,这里是竹内舞蹈研究会。"

"哟,铃子,就你一个人?"

"星枝?星枝是你吗?"铃子松了口气,"不好意思,我正在洗澡。"

"是呀,下着雨呢。"

"洗澡,我正在洗澡哪!喂,喂,你在家?是从家里打来的吗?上次分别之后一直没见你来,这可不行呀。你在做什么呢?"

"今天吗?"

"嗯。"

"拿望远镜眺望海湾呀。"

"讨厌!你一直不来,人家担心你呢。"

"'筑波号'今天已经起航了。"

"'筑波号'?"

"你听我说啊,那个叫南条的家伙,很可疑呢。"

"哦,他刚刚来过这里了,我正想告诉你呢。他真可怜啊,他的一条腿瘸了,瘸了!你知道吗?他成瘸子了!再也不能跳舞啦。他说了，那天他就躲在舱房里来着。"

"没错。"

"他不想让任何人看见凄惨的样子，我觉得也情有可原。他今天是来向老师道歉的，老师不在，他让我转告老师说：南条没有自杀回国来了已经是万幸了。他是来告辞的。"

"他还是拄着根拐杖？"

"对，吓了我一大跳。傍晚的时候，他像个幽灵似的溜了进来，就站在昏暗的排练房里。"

"然后呢？"

"什么然后？你是说南条君吗？那条腿要是不能跳舞了，以后可怎么办啊！"

"铃子，你又哭了？"

"他根本不愿意好好听我说话，好像失去了活下去的信心，情绪很低落。"

"那是假的。"

"什么假的！他明明说来告辞的呀，但我想，即使是老师也不能坐视不管啊。"

"就是嘛，所以说那是假的，我觉得那根拐杖是装样子的。"

"什么？不是的！听不清楚？星枝，你那边在放唱片？"

"嗯。"

"你听我说，南条君是拄着拐杖来的。"

"我知道，看见他了。"

"嗯,看见了,他刚刚走了一会儿。哎哟星枝,你刚才说看见他了,是说你看见他了吗?"

"是啊,所以才给你打电话呀。"

"星枝你见过南条君了?见过南条君了是吗?在哪里?真的见到他了吗?快点告诉我!"

"本来就是想告诉你的,可你一直说个没完没了呀。我一直等到他从舱房里出来。"

"你等他了?他当时没有拄拐杖吗?"

"拄了。"

"那你为什么说他是装样子呢?为什么觉得是装样子的呢?"

"不为什么。"

"请你讲明白点。我不相信,你怎么知道那是假的呢?"

"我只是有种感觉吧。"

"为什么会有那种感觉呢?真奇怪,他有什么必要拄根拐杖装样子呢?"

"谁知道啊,大概是和一个女人一道回来的缘故吧。"

"女人?"

"喂,铃子,你见到南条的时候,他真的瘸了吗?"

"是呀。"

"那,也许是真的瘸了吧,可能是我想错了。"

"那什么,我现在可以去你家吗?应该会很晚的,干脆就在你那儿过夜啦?"

"可以啊。"

"老师也有事要和你商量呢。"

"还有啊，铃子你到底怎么想？是跟南条结婚还是作罢呢？"

"哎呀，没有这回事情的啦。"

"可是，瘸腿的舞蹈家还有什么用？对你来说，舞蹈比结婚更重要对吧？假如你见到南条，被他拄拐杖的把戏蒙骗了，以为这样一来，两人不能一块儿跳舞了可怎么好，那就糟啦，所以我才给你打电话呀。"

"星枝，你说的我听不懂。你说你等在那儿，就你一个人，一直等到南条从舱房里出来是吗？"

"没错。"

"是出于什么动机呢？你这个人真是的，净做些怪事啊。"

"是的，南条也问过我，为什么要追他，我说我是疯了。他和一个女人一同进了辻堂那边一个叫森田的家里。"

"森田，森田？辻堂？你跟着他一起回到了辻堂的家吗？"

"不是一起，只是跟踪在后面而已。"

"辻堂，一直跟到辻堂吗？"

"喂喂，怎么啦？你这就过来吗？我叫人到车站去接你。"

"嗯，不过，今晚就不去了。还有，已经谈妥了一项巡回演出的合同，因为南条君的关系，所有计划全都打乱了。老师真可怜啊！虽然这只是为浴衣做广告宣传的巡回演出，不过还是拜托你帮老师一把！我们两个人一块儿去。现在，就连这部电话都已经是别人的啦!"

"真烦人,宣传什么浴衣!"

"看你说的,你这样的话老师可要犯难了。"

铃子"咔嚓"一声挂断了电话。

从林子那边传来枪声,断断续续响了四声。

最后一声响过后,传来一串男女的欢笑声。

但是,只有星枝一个人拨开满是绿叶的树枝,走到庭院来。

林子和庭院之间没有明显的分界,因为整个庭院都被林子四面包围着,只是有一面挨着一条小径。

小径对面是桑树林,透过桑叶的缝隙可以俯瞰到山下的涧谷。溪流旁边有一小块水田,静静地泛着光。蝉儿唐突地鸣叫着,仿佛突然想起来似的。

这一带是温泉浴场,冬夏则成了滑雪和登山的歇脚之地。这栋别墅虽说只是栋简朴的建筑,但正好与其所处的位置相符,同时又和周围的旅馆稍稍隔着一点距离,位于更深更僻的山冈高处,宛如一座独门独院的房子兀尔坐落在山中。

星枝似乎正在兴头上,她兴奋异常,甚至有点粗野。她用一种连野生果子也不放过的锐利目光和披荆斩棘般的气势拨开林丛闯了进来。她穿着一身轻便的散步服,很称身,只是因为动作太过奔放,当她高度兴奋的时候,就会显得不太合体,让人捏一把汗。

她跑着跑着，突然甩掉鞋子，腾身跳跃了两三次，接着连续做了几个大幅旋转动作，结果重重摔倒在地上。

　　庭院就像一块无人照料的草坪，杂草丛生，一直延伸到林子里。一片葱茏之中，星枝的白色身影静静地躺在那里一动不动。

　　星枝将一只手支在草地上，抬起脸来，夕阳正好面对面地照在她脸上，淡淡的行云则朝着日光相反的方向飘去。星枝凝望着落向远山的夕阳，露出一种渴望的神情，眼眶里噙满了泪水。

　　她情不自禁以一种跳舞的身姿站起来，与此同时，她开始舞动起来。

　　与其说是舞动，但更像是下意识的即兴舞蹈，只是将各种舞蹈的基本动作随心所欲地连接在一起。

　　她舞动着来到鞋子甩脱的地方，正要弯腰拾起鞋子，无意中往前一瞥，发现有个身影正闪躲入小径旁的树荫后。

　　星枝疾步向小径奔去，看见一个拄着拐杖的瘸子正匆匆地往山下走去。星枝发现了他，但他并未停下，只是稍稍放慢了脚步，星枝从后面追上了他。他今天拄的不是松木拐杖，而是一根白桦木拐杖。

　　南条回首冲星枝笑了笑："又追来了？"

　　"嗯。"星枝冷冷地应道。她不屑正眼看上南条一眼，而是怒目斜视，眼睛里又透露出刚才那股粗野劲。

　　然而，南条却难抑感动地说道：

"简直跟竹内老师一模一样啊!"

"太没礼貌了!"

"哦,也许是我用词不当,不过这可是我永远也忘不掉的记忆呀,因为竹内老师的舞蹈就是我童年时代的全部希望和憧憬,所以我这样说是真心地赞美你啊。当然说跳得跟老师一样好有点不妥,但即便是我也看得出来,你真的很有才华呢。"

"我是说你偷看没礼貌!"

"这个我向你抱歉。不过,把躲在船上的人一直追到辻堂,甚至追到这座山里来,到底是谁没礼貌?"

"是假装瘸子的人没礼貌。"

"假装?"南条惊讶地望着星枝,笑了笑,在路边坐下来。

"那根松木拐杖怎么啦?"星枝并没有嘲笑,只是冷冷地问。

"我嘛,已经对跳舞死心了,而且也厌倦了。可是,星枝小姐你却非要来追我。"

"我没有追过啊。"

"那么,大概是舞蹈在追我,舞蹈还没有把我抛弃吧。对我来说,你就像是舞蹈之神派来的天使。"

星枝倚在路旁将一只手上提着的鞋子穿好。

"舞蹈也好,神也好,我都没兴趣,反正我知道了松木拐杖只是装样子的,这就够了!"星枝生硬地说完,便准备扬长而去。

"星枝小姐!你在辻堂的时候就说过,你想侮辱我一下,是指这件事吗?"南条也起身跟了上来,那条腿依然一瘸一拐的。"我在研究会看到了照片,知道你就是星枝。你还到横滨来接我了对吧?我当时的行为确实太懦弱了,现在我想我可以告诉你为什么我要在船舱里躲起来了,因为你刚才的舞蹈感动了我……喂,你不要那样躲我嘛。"

"就知道躲藏的是南条你呀。"

"没错,我是想躲避舞蹈。"

"先不管它什么舞蹈不舞蹈的。听说铃子后来匆匆赶到辻堂的家去看你,你却大门紧闭!原来是躲到这山里来了。"

"躲?这里是有名的温泉景区,对我这样的神经痛和风湿病有疗效。幸亏来这儿了,我的腿脚已经好多了呢。"

星枝不由得转回头,露着女性的温柔目光,似信似疑地看了一眼南条的腿,但随即又转成一副更加尖刻的神情,脚下的步子更加快了。她紧咬着嘴唇,似乎仍然在生气。

"刚才是星枝小姐打的枪?"

"是我父亲打的。"

"啊,这么说,在那儿遇见的是令尊啊。我本来一边踱着步一边呆呆地在想心事,是那枪声把我惊醒了,然后就看见你在跳舞,我好像一下子惊醒过来,我身上已经腐烂死亡的舞蹈细胞霎时又复苏了。"

星枝突然问道:"能治好吗?"

"我的腿吗?当然能治好,但是能不能恢复到跳舞的程度不好说。"

"别吓人了！回去吧！"星枝发狠似的说。

南条猛然闭上眼睛，额头微微颤动。

两个人不知不觉又走进刚才的庭院。

"再跳一次给我看看好吗？"

"不跳！"

南条的视线从庭院往林子上空扫了一圈，说道：

"在这大自然中，像鸟儿啼啭、像蝴蝶翻飞那样随心所欲地尽情舞动，才是真正的舞蹈啊，舞台上的舞蹈是一种堕落。我刚才在那边看着你跳舞，就很想和你一起舞动，实在按捺不住，身体好像不听使唤地差点自己扭动起来，就像坟墓中的死人站起来翩翩起舞一样。"

星枝不由得后退了一步。

"就是的呀，从舞蹈的角度来看，我已经是个死人啦。但是现在，我一下子变得这样想舞，真是做梦也不会想到啊。请你再跳一次让我看看好吗？"

"不好，太可怕了。"

"哪怕摆几个造型也不行吗？"

"我说过了不好。"

"那么，我来试着跳跳看好吧？"

"请便。"

星枝下意识地脱口而出。她看着南条，又是疑惑，又是恐惧。

"这可是瘸子舞哦。"南条脸上泛起笑容。

他的脸上似乎划过某种潜意。夸张地说，那仿佛是善与恶、正与邪，霎时间交互掠过的影子。

他犹豫了片刻，不知如何处理右手挂着的拐杖，但很快他抬起了左臂，拖着瘸腿，开始跳了起来。

这是伴随着一种不祥之兆的怪异的舞蹈，单臂的舞姿美极了，美得反而让人有点生畏。

然而，南条跳了不到十五步，忽然停住了，一屁股坐在庭院的草坪上。

"像妖怪舞、恶魔舞吧？"南条说。

星枝站在庭院边上的白桦树荫下，脸上依然是冷冰冰的，没有作声。

"和星枝小姐的舞蹈比起来，简直是一个天上一个地下啦，所以我的心里才不是滋味哪。看了我刚才跳的，你应该能充分理解为什么我还想再看星枝小姐跳一遍的心情了吧。"

"讨厌。你是认真在跳吗？"星枝咕哝了一句，声音轻得几乎只有自己才能听见。

"认真？我现在真的是站在人生的十字路口、面临着生死关头啊！从孩子的时候起，我就沉浸在了舞蹈的世界中，大概就是因为这种因果性吧，我现在如果看不到舞蹈，就看不到人类的美好、生命的可贵，它们都无法让我眼前豁然开朗。"

"我不喜欢看见人家一本正经的样子，我讨厌，我自己也不愿意一本正经去做一件事情，即使在舞台上跳舞，有时候一看到底下观众那么投入地观赏，我就会觉得很无聊。假如认真的话，我就想自己一个人认认真真过。"

"你也是个可怜的疯子。"

"没错，我一开始就是这么说的嘛，就是那天，在辻堂。"

"我喜欢疯子，我当时也是这么说的。舞蹈大概就是这样的吧，要把沾满了灰尘的灵魂，用前人早就说过的比灵魂更加肮脏的身体动作去表现，而且要表现得无比纯洁，那也只有疯子才能做到。"

"我已经不跳了。"

"不跳了？为……为什么？"南条不解地注视着星枝，"为什么不跳了呢？就这一点你可以如实地告诉我吗？"

"不知道为什么，我总觉得再跳下去自己恐怕会变得不是我自己了，我害怕。因为一跳舞，我就会不由自主地认真起来，但是跳完之后心里却感到一片空虚。"

"这就是艺术家，这就是所谓的天才的悲哀呀！"

"骗人！我不想从艺术中获得什么，艺术这种东西对我而言没什么好感谢的，我只想一个人活着。"

"这是因为星枝小姐的美丽，是你美丽的身体，才会让你这样说的。"

"我只想过平凡的生活，除了这个，没有什么称得上自由的东西了。"

"你要结婚吗？"

星枝没有作答。

"刚刚还看到你的舞姿如此生动、如此充满活力，可你的心灵却是如此疲惫，真叫人难以理解。"

"你太没礼貌啦，我哪里疲惫了？"

"你受伤了，没错，你受伤了。"

"我没受伤，你是戴着你那副什么因果性的艺术有色眼镜在看人！我讨厌，所以才不再跳舞的。不跳舞，正是我没有疲惫，也没有受伤的证据。"

"那么，刚才那个算什么？"

"那个？是游戏，小孩子又蹦又跳地玩游戏呀。"

"可是在我看来，这就是舞蹈，是生命的绝妙跃动。"

"那是你假装瘸子的缘故。"

"所以我才这么请求你星枝小姐，想再看一看你的游戏呀。求神拜佛，结果瘫子终于站起来的奇迹还是有的呀。"

"奇迹也是我讨厌的！"

"假如借助你又蹦又跳的劲头，能够让我甩掉这根拐杖就好了，凭借这股力量，我也许能站起来啦！"

"凭借自己的力量迅速站起来不好吗？假如我的游戏具有使瘫子站立起来的魔力，那么凭借你的舞蹈就能治好自己的瘸腿，应该是轻而易举的啊。"

"是吗？"

南条的眼神里闪着敌意，但随即又好像下定决心似的附和道：

"那么就依星枝小姐所说，我试着跳跳看？"

"悉听尊便。"

"如此残酷的观众,也许对我有好处。"

南条又拄着右手的拐杖,拖着瘸腿,跳了起来。然而不同于刚才跳的,这次由于愤怒,他的身体动作变得有些僵硬了。

"我本来打算这辈子再也不跳舞了。"

"为什么?"

"因为我……热爱舞蹈。对舞蹈,我真的还是……有点悟性的。"

南条断断续续说着,舞蹈也越来越激昂起来。他的舞蹈,看上去就仿佛体内沉积了多时的秽浊之物在翻滚沸腾,马上就要喷涌而出似的。

星枝被他的舞姿吸引了,眼睛里闪着好奇的光。

那目光,先是面对丑恶之物射出的厌恶,继而是面对令人骇惧之物露出的惊恐,最后又像是怀着某种不安和担心似的,她伸出左手抓住了头顶上的白桦树枝。

南条仍拖着一条瘸腿,但他的手足已经变得轻盈,动作也自由奔放起来了,而他的动作越是激烈、越是疾迅,手足划出的优美线条便越发地华色含光。

星枝抓着树枝的手上渐渐用力,不知不觉将它拽到了胸前。白桦树枝弯成一道弓形,眼看就要被折断了。

"星枝小姐,游戏,星枝小姐教我的游戏,真叫人欢快哪。"

"跳得太好了!"

南条停住舞步,蓦地望了望星枝,而后跳着挨近她说道:

"别光顾看,一起来玩呀。你也跳起来吧!"

星枝情不自禁地佝起身子蜷缩成一团，像是下意识自卫似的。

南条又跳着闪开去了。

"能跳啦，我也能跳啦！舞蹈让我获得了重生！"

他的舞蹈很像原始人、蛮族，又或是某种雄蜘蛛或雄鸟向雌性求偶时跳的舞蹈。星枝仿佛听到了伴着南条的舞蹈，阵阵音乐声越来越近，越来越激越。

南条转过身来，说道：

"一起跳吧，俗话说，随帮唱影嘛。"

"你还在装瘸子，那个骗人的拐杖难道不能扔掉吗？"

星枝的声音温柔中带着颤抖。

南条快速跳到跟前来，他拉住星枝的右手，催促道：

"要是有根活拐杖，那就……"

星枝被南条出其不意地使劲一拉，身子不由自主往前，手里抓着的白桦树枝都忘记松开了。

树枝被揪断了。

星枝失去了依凭，咚的一下撞到南条怀里。

"讨厌，讨厌！"

她佯作要用那根树枝抽打南条的样子，但南条没有举起长拐杖招架。

被星枝一撞，南条也打了个趔趄。他拄着拐杖站稳后说道：

"能拄着个大活人这根温暖的拐杖跳舞，嘁，这玩意儿还要它干吗？"

说罢，他用力将那根拐杖高高地抛了出去。

然后，他邀星枝一起共舞。

星枝的目光正追随着抛落的拐杖而去，此时蓦然显出了完全不像是她的娇羞神态。

起初她自己并没察觉到那娇羞的神态，但随即，她的脸上飞起了两团红晕。

南条托着她的手，引导着她，缓缓起步跳起来。

星枝开始还稍有抗拒，后来渐渐跟上了南条的节奏，继而有一股激情的热流同时贯通了两个人，于是南条的舞步逐渐加快了。

"能站起来啦！你看，我的腿能利落地站起来啦，你看呀！"

南条高兴地喊起来。他没有松开星枝的手，他转着圈在她身边不停跳着，仿佛火之旋涡般地将她围裹在中间。隔了一会儿，他冷不防一下子将星枝抱举起来。

他猛地朝林子里跑去。

将星枝轻轻抱在手上，他的腿也不瘸了。这一连串动作看上去就像是舞蹈的继续。

黄昏渐近，鸟群被晚风追着飞过庭院。

树枝在两人的鞋子、还有南条的外套上投下长长的影子，在轻拂的晚风中，婆娑摇曳。那是两人跳舞的时候甩脱的。

小马走下山路。它大概是到马市去的吧。

饲主骑在母马上。没有任何羁绊的小马,"嘚嘚嘚"地乖巧地跟在后面,显得温驯而可爱。

三四个村人各自背着一捆细青竹走过去。

一旁的小山改造得像个游乐场,从那里传来小学生们的童谣声,他们大概在小山上玩。听那合唱声,约莫有上百人吧。

小山坐落在一条流向山谷的小溪旁,南条从刚才起就一直坐在那儿,心神不定,忽而回首张望一下山路,忽而眺望一眼近旁重山叠岭上空飘浮的夏日彩云。

星枝和父亲并肩走了下来。

父亲抬眼望着传来童谣的小山,说:

"孩子们已经来啦。"

看见星枝的父亲一道走来,南条借着稀疏的树荫躲了起来。

炽热的阳光似乎令星枝有些不安。她留意地朝四下里张望着,眼尖地看到了南条,于是不由自主地加快了脚步,想赶快走过去。

父亲只顾着观望小溪和对面的山冈,没有在意。

"那帮孩子是借胜见的房子住的呀,他们都是来自东京的病弱儿童。想到连胜见的蚕种养殖场也成了孩子们的住处,真让人感到遗憾哪。"

星枝心不在焉地听着。

"不过,总好过大仓库闲着让蜘蛛结网吧。也许这样才符合胜见的做派,不是坏事。这就是不培育蚕种了,而培育起人来了,也就是胜见经常挂在嘴上的为社会、为国家服务,而且这都是免费借给他们住的。他的葬礼也是一样。记得那时我曾对你讲过,他是蚕种行业首屈一指的人物,甚至还获得过总裁宫的两万元奖金呢,作为一个不光在当地,而且在全国的蚕丝行业公会中也举足轻重的人物,他的葬礼那叫一个寒酸啊,虽说他本人总爱以穷乡僻壤的一介村夫自居,但是也显得太简朴了,毕竟好多蚕丝行业的头面人物都特地从东京赶来参加葬礼呢。我作为他的朋友,连我都觉得很没面子,不过据说这是他在遗嘱中叮嘱的,他把办丧事的费用捐献给村里了。他做所有的事情都秉承了这个原则。"

"是吗?"

"话说最近病弱儿童之类的,好像很多啊。"

"嗯。"

"以前每年也有学生会到胜见这里来,都是蚕丝专科学校的学生,是来实习的。为了研究蚕种而漫游世界,这样另类的怪人,恐怕也就胜见独一份了吧。因为他素负盛名,人们一直想推举他去参选县议会议员甚至国会议员,可他总是说育蚕太忙了,没那种闲工夫,还是这方面的研究对国家更加有用。他跟蚕打了一辈子交道,再也找不出像他这样令人钦佩的男子汉了,他不是那种充满贪欲心的人,我真的太喜欢他啦。"

绕过小山山麓就是胜见的家,首先展现在他们面前的,是一个刷着白墙的蚕种养殖场。

这所房子耸立于河边用石块垒砌起来的壮观的崖壁之上,

不禁让人联想到城堡，它是座仓库造型的两层房子。两排窗户全敞开着，宛如将白墙割开一道裂隙似的，窗户上安装了纸拉窗。

从库房的尽头转九十度直角一拐弯，是座古色古香的生活起居用的平房，库房远比它更加雄伟壮观。

"那里面的标本和研究书籍现在都放着不用，真是白白糟蹋了，我打算劝他们捐赠给专科学校或者蚕丝会馆。"

"他们为什么不再搞蚕种培育了呢？"

"别看是小小的蚕种，胜见过世了，他儿子又是那副德行，再要想维护胜见蚕种的商誉可不是件容易的事情，需要不断进行新的研究，在品种改良的竞争方面也不能输给别人。与其只能培育有损胜见名誉的蚕种，不如干脆歇手，这样还能帮到贫苦的蚕种商一把——嗯，这大概就是胜见太太的想法吧。"

"要是能帮到弱小的蚕种商，倒是件好事。"

"傻瓜！重要的是培育优良品种，才能养出好蚕来。你要是也像那些病弱儿童一样，净说些目光短浅的话，不如去练练打枪吧！"

"打枪？"

星枝轻声嗫嚅道，仿佛这两个字让她想起了一场噩梦。

"是的。昨天打中了，真高兴啊。这样的天空底下，山上的空气不一样，发出的枪声都不一样。今年冬天，我带你去打猎！"

父亲说着，高高仰起头，望着晴空。

"还有，一个妇道人家要使唤这么多人，要去操这份心，想必她也没有这份心思，反正她有的是钱。虽然有多少现金大概有数，公司股份可能也属于地方上的了，但她家还有那么多山林呢，多得算都算不过来哪。"

"我回去就开始练打枪吧？"

"可要对你妈妈保密哦。这个库房说不定还会恢复的，以前在这儿工作过的技术人员，他们来找我商量，说是想振兴胜见的蚕种呢。虽说是技术人员，其实都是胜见事业上的得力助手，也是这一行的行家里手。因为他们是胜见带出来的弟子，所以对研究很重视，但是要他们自己经营蚕种买卖就不行了。"

"所以爸爸您打算出手帮她经营？"

"其实算不上什么了不起的买卖。我去劝劝胜见太太，以后成立个小公司什么的，逐步走上经营轨道。"

"这和那件事有关系吗？"

"哪件事？是说你的婚事？说什么傻话！心胸狭窄、胡乱猜疑，你不是病弱儿童是什么？纯粹是因为胜见的儿子迷上你了！那孩子真可怜，不过，他倒也不傻。"

两人走到胜见家的门前。

从宽广庭院的参天古树，也能看出它很有年代感，不愧是有着光辉历史的正宗豪门之家，深邃静谧。

远望并不华丽，但来到门前一看，房子古雅而有格调，透着一种森寂高贵的气息。

"胜见蚕种养殖场"的大招牌，依旧原封不动地钉在库房的白墙上。

父亲停住了脚步。

"顺便进去观赏一下这座老旧建筑吧？只要能赶上下一趟公共汽车就行，反正傍晚前能赶到那儿就可以了。"

星枝轻轻地摇了摇头，望着父亲的脸说："那件事，希望您谢绝掉吧！"

"噢。"

父亲望了望星枝，示意说那好吧，随后独自跨进了胜见家的门。

星枝不经意地抬头看了一眼库房，随即走开了。

下了坡道，便是温泉浴场。

偷偷跟在后面的南条，看见只有星枝一个人了，便疾步追了上来。今天他仍拄着松木拐杖，但看上去就像在飞跑一样。

南条来到温泉大澡堂跟前，高声呼叫道：

"星枝，请等一下，星枝！"

这是村子里的公共澡堂，是一座寺庙式的建筑，为了散发热汽，屋顶开了格子窗，窗子上方还有个攒尖式屋顶。

在旁边树荫下嬉戏打闹的村童，听到南条的喊声都一齐回头往这边张望。

星枝吃惊地呆立在原地，先是垂下眼帘，随后又睁开眼睛，目光冷冷地问："又拄着拐杖？"

"我从后面追上来的，你没发觉吗？"

"早就知道啦。"

"我在报上看到竹内老师来巡演的消息,我猜你肯定会去城里的,所以从上午起就在游乐场那个山冈下面,等着你经过呢。我本来想拜见一下令尊,告诉他我的心愿,但又觉得这样做未免太唐突。另外,我也想再确认一下你到底怎么想的。"

"你想和我父亲谈什么?"

"这还用问吗?不,不过在这之前,我还是想请你先彻底了解一下我南条这个人,还有这根松木拐杖,也一样。你从一开始就把这玩意儿说成是骗人的,看来你非常讨厌这根拐杖,非常蔑视它啊。可是呢,促使我甩掉这根拐杖,让我第一次依靠自己的腿站立起来的,也是你星枝呀。我得感谢这根拥有爱的魔法的拐杖哪。"

"这是恶魔的拐杖。"

"这玩意儿是法国生产的。它跟随我从法国去了美国,跟我很有感情的啊。如今有了温暖的人可以倚靠,我终于能和它分手了。假如昨天我没有看到你的舞蹈,也许这根拐杖还要伴随我一辈子呢。"

"简直像神话。"

"神话?"

"是啊,希腊神话之舞。"

"哦,不错,那的确是希腊姑娘的舞蹈,它一定能让我在舞蹈中获得重生,就像邓肯为了重皈希腊舞蹈的精神,而开创了全新的舞蹈那样。"

"我不是神话中的姑娘,那种舞蹈,只存在于神话中。你还是把我看作一个可怜的疯子吧。"

"什么？你是想说我中了魔法是吗？还是想说你我身份太悬殊了？我爱你，难道是狂妄自大、不自量力？"

"那只是舞蹈，我昨天也讲过了呀。反正我已经不跳舞了。真可怕，那是舞蹈吗？我现在真的清醒了、平静下来了，我只想做个平平凡凡的人。我这辈子再也不想跳舞了，请你原谅！"

"这是懦弱！"

"南条君你不也一样吗？！你今天还不是拄着拐杖来的吗？"

星枝说罢，转身拐进旁边的一家车行，像是要逃匿似的，但当她注意到了南条的表情，便不耐烦地又走出车行，从后门跑了。

南条对星枝的举动置之不顾，继续追缠上来。

两人一前一后来到小河边。河中沙洲上满是白色石子。河边的温泉旅馆或是将窗户或是将庭院门，朝着这个方向敞开着。

河的两旁小山重叠，在河面上蜿蜒向前伸展。星枝远眺着小河下游，猛然感觉背脊上冒出了冷汗。

"老是拐杖、拐杖的，但其实我想说的正是它。你听好了：我之所以突然间能甩掉这根从法国就一直伴随我的拐杖，那样子跳舞，你知道这到底是怎么回事吗？当奇迹出现的那一瞬间……"

"我讨厌奇迹！"

"胆小鬼。所谓奇迹，绝不是鬼神的妖术，而是生命之火在燃烧啊！我只要跳起舞来，马上就会变成这样，我甚至觉得上天这样眷顾我是不是太可惜了。"

"可我讨厌它。"

"你又跟昨天一样，你是在恐惧自己的天才啊。"

"没错，我没有任何理由跟昨天不一样啊。"

南条诧讶地看了星枝一眼，继续说道：

"这种谎话一文不值，只要一跳起舞来，你就会像梦一样将它忘得一干二净了。"

"怎么就是谎话了？"

"当然是谎话。你除了舞蹈以外，都是在说谎，你就是这样的人。你没资格嘲笑我的松木拐杖。星枝呀，明明这拐杖敲响了你的青春之门，你却偏偏逞强，要用绑带把自己的心扉捆住，这不恰恰是骗人吗？！难道我不在的这几年时间里，日本姑娘竟然就变成这个样子了吗？"

"没错，这也正是我想说的。别看说得天花乱坠，但是你长期生活在国外，所以你是完全无法理解我的。"

"哦？可昨天的舞蹈让我们各自的想法彻底有了沟通呀，舞蹈家就是用舞蹈语言来对话的，语言什么的是多余的。虽然你和我都不止一次地说再也不想跳舞了、再也不想跳舞了，但实际上没有了舞蹈我们两个人都无法生存下去，你不觉得这就是一个最有力的证据吗？"

"这只不过是神话，不带任何责任。"

"你是想说'我并不爱你'，我明白。可是，为什么爱一个人这件事，竟让你如此不情愿的呢？"

"你误解了。"

"我再讲得明白点吧。也许我首先应该向你道一声歉。我光顾着沉浸在欣喜之中了，做梦也没想到又被推进一个无底的深渊，我真不敢相信会有这样的事。星枝，其实是你误解我了。我们先来说说这根松木拐杖吧，令尊是从事蚕丝贸易的，府上又在横滨，如果你懂外汇行情的话，我想你也会同情我这根松木拐杖的。我想你应该能想象得出，这整整五年，我在西洋过的是怎样的凄惨生活啊。你再想象一下，当我打着'新回国者'这块冠冕堂皇的招牌登上舞台时，肯定会有人嘲笑我：瞧那个乞丐，那个给日本人丢脸的家伙！在国外的时候，我是个遭人嫌恶的日本人，这根拐杖对我假扮成一个乞丐倒是非常适合。"

南条用松木拐杖戳了戳地板，继续说道：

"但是，这绝不是装装样子的，我患了严重的风湿！因为吃不上像样的食物导致身体虚弱，再冷的天气房间里也生不起火炉，说起来只是神经痛、风湿病，可严重的时候膝盖会发出'嘎吱嘎吱'的声音，我痛得跪倒在地上，感觉就像骨头折断了一样。后来总算借助拐杖能够走路了，但我知道自己已经无法再跳舞了，我心里慌得不得了，想想要是请大使馆把我送回国的话，那多丢人啊，没办法，只好硬撑着。虽然去医院看过，但是这种病不是很快就能治愈的，再说西洋的温泉澡堂又贵得吓人，所以只好自己给自己注射麻醉药，暂时缓解疼痛。结果药物中毒，脑子也受影响。我的灵魂彻底堕落了。这就是我的留洋情况，在昨天看到你的舞蹈之前，我简直就是一堆行尸走肉！"

小河边的路不觉变成了坡道，走上坡道就拐入大马路。时值盛夏，不知什么夏季小花散着奇香盛开着，白蝴蝶翩然飞舞，让人眼花缭乱。

南条停住脚步，擦了一把汗。

"躲在舱房里的心情，我想你能理解的，虽然当时已经不是非得拄着拐杖才能走路，只是我觉得自己是作为一个废物重新踏上日本国土的，拐杖就是个符号，所以我才拄着这根松木拐杖的。与其说是没脸见竹内老师，其实我只是不想面对在码头上被人欢迎的场面。我本来打算悄悄地过一种隐姓埋名的生活，当然这其中也有懦弱的原因，因为我对于一个日本人能不能跳好西洋舞蹈一点儿也没有信心。"

"既然情况那么糟糕，为什么还要绕道去美国才回来呢？这不是很滑稽了吗？"

"哦？是因为得到那位夫人的帮助，她是我的恩人，是她让我回到日本来的呀。"

这时候，公共汽车驶来，南条的话也说到这里中断了。

蓦地，星枝举手示意公共汽车停下，然后以一种拒却的眼神冷冷地瞥了南条一眼，像是在说，"让我们就此告别吧"，便转身登上了汽车。

南条理所当然地紧随其后也跳上了汽车。

星枝一下子两颊通红,说不清为什么,竟一直红到脖颈。她感到羞怯难当,惶恐不安地低下头去。

"请停一停!"

她忽然大叫一声,随后不顾一切地从车上跳了下来。

事情发生得太突然,南条根本来不及起身。

星枝站在原地没动,依旧保持着跳下来的姿势。她完全没注意到额头上沁满汗珠,一边竭力忍受着心脏的剧烈跳动,一边目送着车尾扬起的一阵白色尘土。汽车在山后消失了。这时候她才感到腿部一阵钻心的麻木,随即一下子跌坐在路旁的草丛中。

她抽抽噎噎地哭了起来。

草丛冒着暑气的郊外,没有一个行人经过。

铃子照例像往常一样,带着舞台上的兴奋劲儿步履轻盈地返回后台,没承想却看到星枝呆呆地坐在化妆镜前,顿时高兴得不知怎么好,还以为自己是做梦呢。

"哎哟,星枝!你怎么来了?太高兴啦。"

铃子从后面抓住星枝的肩膀,顺势滑坐下来,星枝被夹在铃子的双膝之间。

铃子一身可爱的装扮,活脱脱一个魔幻森林中的吹笛牧童。这个牧童叉开腿,以姐姐的口吻摇晃着星枝说道:

"这么老远的,你还特地跑来!好想见到你啊。你吓了我一跳呢。讨厌,你倒一副若无其事的样子。"

星枝闭上了眼睛。

铃子稍感不安,赶忙问:

"你怎么啦?不好意思,你是有什么事想跟我说才特意跑来这儿的是吗?"

"不,我一听到你的声音,心情就舒畅了。"

"哎哟,讨厌!你使坏哪!不过话说过来,我们真的好久没见了,老师也肯定会大吃一惊。你也不给我回封信,还在用望远镜眺望海湾呢吧?"

"给你打过电话,但是没打通。"

"电话?哦对了,已经拆了。"

"电话拆了?"

"这些事以后再说吧。"

星枝睁开眼睛,将屋里扫视了一遍。

"这屋子真脏啊!"

"别这么说,会被人听见的。在乡下,这样子就算不错啦。后台什么的倒无所谓,最叫人头痛的是舞台实在太糟糕了,公共礼堂呀学校之类的地方都不是按跳舞的条件来建造的,照明也不符合要求,真头痛。不过,老师也一块儿来了,我们一点儿也没有沮丧泄气,我们还是跳了,每次都认认真真地跳。你闻闻,衣裳都有汗臭了吧?我们已经出来巡回演出二十天啦。老师真可怜,你说不愿为浴衣做广告宣传,老师没办法,只好亲自上阵啦！"

"是吗？"

"天天都这么闷热，这梅雨天呀。"

"心情很不好吧？"

"只要一跳起来，也就不存在心情好不好了。"

铃子放开星枝，站起身来说道：

"你对老师，就说是家里不同意好啦，反正你是位千金小姐，老师还以为是你家里不让你出来巡回演出呢。"

从舞台传来钢琴声。

铃子望了望星枝，用眼睛示意说：这是竹内老师的节目。然后，她手脚麻利地将下一个舞蹈要用的服装挑出来整齐地摆放好。看来是竹内和铃子的双人舞。

"这些衣裳很让人怀念吧？"

"嗯。"

"星枝，你的脸色很差，是坐火车累了吧？你是想见我们，所以过来玩玩的对吗？你看我光顾着高兴了，你不介意吧？"

"前些日子就跟着父亲一道到这儿来了。"

"哎哟，开始过来避暑了？"

"父亲大概是来谈生意的吧。"

"对啊，这里是有名的蚕丝产地嘛。这样我就放心了，起初我还有点纳闷，星枝怎么会跑到这种地方来呢。"

铃子笑了笑，又折回到镜子旁。

"你稍让一让，我要化个妆。"

"嗯。"

星枝点着头,可是当铃子的脸映在镜子里,眼看跟自己脸贴脸的时候,她不知怎么的,竟虚怯怯地哆嗦了一下。

铃子惊讶地问:

"怎么啦?是不是突然间不跳,身体不舒服啊?你看着有点怪怪的。"

"不是的啦。是你化着舞台妆的脸和我的脸挨在一起,看到这张脸,感觉我好像跑来这里却没有见到铃子似的,真气人!"

"也许是吧。"

"给我化化妆吧。"

"你呀,真是让人没辙,人家忙着呢。"

铃子边说边给星枝脸上马马虎虎地扑了一点白粉,又抹上口红,星枝像一具玩偶似的,闭着眼睛,一动不动。

"天热,稍稍抹点就行了。"

铃子侧着头看了看星枝的脸,说道:

"你这张脸,真是淡妆浓抹总相宜啊,美极了。哦对了,你还记得吗,跳《花之圆舞曲》的时候,你硬是说'我这脸一看就是一副失意的样子'?"

"早忘了。"

"你这个人真健忘啊。"

铃子刚要给星枝描眉,却看见一颗泪珠从星枝的脸颊上滚落下来。

105

"哎呀！"

铃子不由自主停下了手，旋即将自己的惊讶神色收了回去，若无其事地微笑着给星枝擦了擦眼泪。

"这是什么呀？给我吧。"

星枝闭着眼睛，就像一副精致而美丽的面具。

"铃子，你爱南条君，是吗？"

"嗯，我爱他，"铃子爽快地答道，"怎么啦？"

"你说得毫不含糊嘛。"

"当然毫不含糊！"

"是吗？"

"可能我小的时候，就知道一门心思地想着他，但实际上我对他是不是真的那样纯情呢？其实我也是心存怀疑的。不过，我觉得爱情就是一种决心，就算南条君是个不道德的人，或者是残疾，那也没关系，我想把他在西洋学到的东西全部学过来，要把他所有的本事统统学到手。虽然看起来像是一个失恋者的报复，不过对他这种人，就需要有这种爱的决心。不管怎么样，我都要和南条君一起跳舞，能够和自己喜欢的人尽情地跳，就是死了也心甘呀！"

铃子越说越带劲儿，不知不觉中将星枝从镜台前推到了一旁，自己开始匆匆地进行下一个舞蹈的化妆。

"我想过很多。乍听上去，这样的爱情好像很功利，其实不然，这是爱的决心。感情这东西早就靠不住了，如今的世道就是这个样子啦，越是有才能的人，感情就越脆弱。我觉得，恋爱也不例外，只要有这样的决心并且坚持到底，即使失败了也不至于酿成悲剧，一定能走出失败，重新昂首挺胸起来。我不想让自己将来后悔，我要毫无遗憾地生存！"

星枝听得脑子里一片茫然。

"为了学习舞蹈，哪怕把自己卖掉我也不在乎，就是不想留下那种寒飕飕、穷困潦倒的回忆，过去我过的那叫什么日子呀。"

"舞蹈，到底哪儿有那么好？"星枝像个小孩似的问。

"哪儿好？好就好在能证明'我'这个人活着，这就是目的。"

"这只是假象。"

"那么，什么才是真实的呢？对你来说，什么才是真实的呢？"

星枝若无其事地说："你不要再说了，吵死人啦！"

铃子好像生气了，她瞪了星枝一眼，很快像是从自己的梦想中清醒过来似的，说道：

"星枝，还不是因为你问我是不是爱上了南条君，所以我才说起来的嘛。"

说罢，铃子笑了，但是笑容随即又僵住了。

"真奇怪呀，为什么会突然说起这些事？怎么回事？"

铃子说着盯住星枝，仿佛要从她脸上找到答案。星枝觉察到铃子的视线，便用一种顶撞似的生硬语气说道：

"南条君，他并不是瘸子。"

"啊?"

"他还能跳舞呢。"

"你见过他了,星枝?一定发生了什么事情,对吧?假如是那样我就明白了。"

"什么也没发生呀。"

"用不着瞒我。听你这么一说,我感觉我好像早就明白了呢。"铃子平静地说。

这时候,竹内走进屋子。

"哟,你怎么来这儿了?好久不见啦。"竹内坐到旁边的镜台前,皱起眉头,边脱衣裳边说:"好热啊。"

铃子拿起一条毛巾拧了拧,为竹内擦拭身体。她的手在颤抖。

"老师!"

"怎么啦?"

"听说南条君没有瘸,他还能跳舞呢!"

铃子将手指紧紧抠进竹内的后背,同时把脸靠在他的肩膀上,抽噎着哭了起来。

"别哭啦。你停一下!"

竹内推开铃子,霍地站了起来,因为他看到南条正站在后台的入口发着呆。

南条倚靠着拐杖,低垂着头。看上去像是没有了拐杖的支撑,他就会无力地倒下去的样子。

"老师,我向您道歉来了!"

"什么!"竹内怒不可遏,他刚想冲过去,想不到星枝却站起来将他拦住了。

"老师,您别这样。"

"让开!这家伙!"

竹内还是冲到了门口,劈头盖脸地朝南条揍了过去。

"混账!看看你这副丑态,像个什么样子!"

南条下意识地举起拐杖,似乎是要进行自卫。

"你想干什么?你举着那破玩意儿,想干什么?!"

铃子一手触地,默不作声地观望着。星枝再次插入两人中间,将他们隔开。

"老师,请您息怒,他那根拐杖是装样子骗人的。"

星枝用嘲讽的口吻劝抚着竹内。

不知道是什么触怒了南条,他倏地一下脸色陡变。

"妈的!"

南条抡起拐杖,拐杖打中了星枝的肩膀,她倒在竹内的怀里。由于来势迅猛,竹内向后闪了个趔趄,不料一脚踏空滚下台阶,摔了个四脚朝天。

舞台上,同行的女歌手正在演唱欢快的流行歌曲。

竹内被抬进了医院。他的后脑勺摔得很重,右胳膊肘也痛得无法动弹。

大伙儿议定,由南条作为竹内的替角加入到一行人的巡回演出中。

当晚更深夜静时分,南条便离开了这座城市。

从医院朝车站疾驶的车上，三个人一路都默默无言。但当走进检票口时，铃子突然一把将南条的拐杖夺了过来，同时探出肩膀说道：

"扶着我走吧！"

然后，她将拐杖递给星枝，对她说：

"你把这玩意儿扔掉吧，不然还会有危险的。"

"嗯。"星枝点了点头。

之后，星枝赶回医院去护理竹内。

煤山雀

日雀

看到关于木曾的上松町发生大火的新闻报道,松雄立刻大声地招呼妻子,说道:

"不知道那只煤山雀①怎么样了……"

这语气,好像去木曾的人倒是妻子似的。

"要问那只煤山雀的事,您是不是找错对象了呀?"

治子不客气地顶撞道,事实上别说顶撞了,她压根儿不想搭理。距离遥远的乡村发生火灾,东京的报纸自然不可能详细报道,只是一小栏的简讯而已。

"既然没有报道说有人烧死或烧伤,估计那只煤山雀一定也被家人带着逃离了吧。"

治子装作若无其事的样子说道。

"大概是吧,应该没事吧。"

松雄的口气,完全就是一副关于那只煤山雀,妻子治子应

---

① 煤山雀:一种山雀科的小型鸟类,多栖息于海拔三千米以下的低山和山麓地带的针阔叶混交林带、叶林地带和竹林、人工林等,主要以昆虫为食。

该比自己了解得更加清楚的样子。

隔了一忽儿，他又自言自语似的咕哝道：

"是只好鸟啊。"

他一边说一边微微垂下头来，眼睛细眯起来，那表情仿佛是听到了煤山雀的鸣叫声一样。当真听到了小鸟清脆的鸣叫声吗？治子疑惑着不由自主也侧着耳朵谛听起来。

在治子眼里，松雄的神情好像真的听到了煤山雀的鸣叫，而不像是想起了那位他带着一同回木曾的女子。但这怎么可能呢？他一定是同时想起了煤山雀和那个女子，可是，治子大概是被松雄脸上某种孩子气般的神情欺骗了，她丝毫没有这样的感觉。但即使如此，也绝不可能像没事一样。在治子看来，与其想到了那只煤山雀，还不如想起那个女子来得更正常一些。

"那鸟被放在四面糊着纸的笼子里，挂在账房的柱子上了，那儿位置高，急急忙忙往外跑的时候，说不定会把它忘记在那儿呢。"松雄继续说着。

治子觉得松雄简直可怜，她不由得后背冒出一丝微微的凉意。"比起那只煤山雀来，难道就没有更加重要的东西吗？"她这样想道。是啊，多少人的家被烧毁、多少人的生活遇到困难，而松雄呢，却只关心一只小鸟，真是怪事。

夫妇二人在上松町没有一个亲戚，也没有亲朋好友生活在那里，松雄因为一场火灾而牵挂的仅仅是一只煤山雀，然而这并没有什么不可思议的。人有时候就是这样。况且，那只鸟用松雄的话来说是只珍贵的名鸟，当放到精准的自然之秤上去比较时，一只小鸟或许比一个町的所有加在一起还要重，带着这样的信念直面生死的例子，历史上不计其数，有人就为了宝物不惜纵身火海而死的。

由于丈夫的漠然性情传染给了自己，治子有时候也会冷冷地寻思：结婚至今有好几年了，这些年来，自己有哪一天比丈夫先睡？开始的时候，因为总是比丈夫晚睡以至她竟然产生了错觉，以为女人天生就是比男人觉轻、睡得少，不过事到如今，治子已经十分清醒地认识到，与之附随而来的会是什么。

"那只煤山雀，还是应该买下来就好啦。"松雄说。

"嗯，"治子点了点头，"就知道您会自己说出来的。"

为了掩饰女人的事，所以没有将煤山雀买下带回来，但显然这样做也无济于事，因为松雄这张嘴巴不自己说出来是忍不住的。

当时，松雄出门两三天后回到家里，立即跑遍了各个花鸟店，寻觅煤山雀，治子觉得他的举止很奇怪，松雄对她说，木曾的上松町听到的那种鸣声清脆的煤山雀，东京的花鸟店里居然没有，说着说着不经意间将女子伴游的事说漏了嘴，似乎在前往寝觉床①的途中，松雄为了煤山雀的事和那女子吵了一架。

在上松町下车，照理就是为了观赏寝觉床的景致，可是还没等走出检票口，松雄听到了煤山雀的啼叫声，那女子没有听见。松雄立即像着了迷似的，循着鸟叫声一阵疾走，来到村子

---

① 寝觉床：峡谷的名字，位于日本长野县西南部的木曾川，是著名风景区，峡谷中的花岗岩河床受侵蚀后呈现出奇特的景观。

里的一家木材店，只见账房内的柱子上悬挂着煤山雀的笼子。松雄站在门口入神地听了好一会儿，情不自禁赞叹道：

"太棒了！这可是名鸟啊。"

说着，他竟径直闯入了账房。木材店的主人盯着松雄看了一眼，没有搭理他，自顾自地翻看着账本，不过脸上却流露出掩饰不住的得意劲。松雄也不客气，一屁股坐了下来，随后同店主人唠扯了好一阵关于煤山雀的家常。对煤山雀他并不一贯情有独钟，相反，在那之前他甚至对煤山雀这种小鸟毫无所知。

他之所以一个劲儿地夸赞它是只名鸟，完全是凭一种感觉，但是从主人得意扬扬的话语来看，他的感觉似乎没有错。总而言之，松雄就是这样一个人，他会被自己那不可思议的敏锐直感驱遣，做出些随心所欲的事情来。他所在的工作单位是个庞大的企业集团，从各类机械工业到矿山、土地、银行、保险、运输、纺织等等，应有尽有地设置有几乎涉及所有行业的部门，而他并无固定的位子，也没有十分对应的专业，完全就是靠着他的感觉敏锐地嗅出各个职种的门道，然后以此作为应对指南，看上去似乎像个可有可无的冗员，却拿着比别人高一截的工资。换句话说，他是那类非常不可思议的成功者。松雄口头上讲人不能有物欲，而他自己却嗜欲难了，时常出手买些瓷器、古玩之类的，甚至购买房屋和土地，而且多数都是被人忽视的便宜货，因此赚得盆满钵满，难以想象，然而他仍旧活得平平淡淡，像一泓清清的流水一样。

"像您这样好像易学者似的人，是不是所有企业里都有啊？"

在现今这个科学严谨的社会里，治子对丈夫的这种工作态度始终怀有几分不安，曾试着这样问他。松雄却满不在乎地回答：

"大概有的吧，我也不是很清楚，反正我在公司是不会乱来的，因为我才不想换公司哩。你把我看成易学者也太抬举我了，这只不过是我的一种处世艺术而已。"

虽说他总摆出一副老油条的样子，可是到了节骨眼上，那种敏锐的感觉往往就失灵了，别看他对待工作似乎充满自信，但他平素那姿影看着怎么就那么寞寞落落呢。因为丈夫是这样一个男人，身为妻子的，多少也受其影响，言行举止都显得有些漠然。

松雄此次去信州，就是凭灵敏的嗅觉觉得那儿有块地皮很可能会被开发成别墅区，于是想去实地考察一番。他毫不避讳地说，有的时候就得带个喜欢的女子一同去走走的呀。

上松町那家木材店的主人大概把松雄当成了共同的煤山雀爱好者，还自豪地同他聊起了松本那一带的同好竞啭会的情形。同去的女子待得百无聊赖。松雄恳请店主人将煤山雀转让给自己，但主人斩钉截铁地拒绝了，说不管怎么样都不会把这只煤山雀卖掉的。

松雄还是不死心，出了木材店仍停住脚步，回过头去，恋恋不舍地听着煤山雀的婉转鸣声。离开上松町有一大段路了，忽然木材店的小伙计骑着自行车追上来，说是煤山雀真想买可以商量，三十日元。

松雄本想马上返回去，可是转念一想，带了只煤山雀回家，女子伴游的事情就会露馅被治子知道，因为虽然同为信州，但他的公干应该是去北信浓那边，而不是木曾。当然他可以说是顺便弯到木曾去游览一下寝觉床的，但这样的谎松雄居然撒不来，弄不好马上就破绽百出，这一点他自己太清楚不过了。他提议将煤山雀先带回女子家养一段时间，女子先前已经为了那只煤山雀而极度不耐烦了，当然没有答应。松雄也忘记了木材店的小伙计就在一旁看着，像个孩子似的苦苦央求，女子也憋了一口气就是不同意。松雄一门心思只想着煤山雀，连寝觉床都没顾上去游览。

他和那个女子很快就分手了。当然不是就为了一只煤山雀而分的手，基本上，他和女人没有一个能维持久长的。

正因为左右都长不了，迄今为止治子已经原谅过松雄几次了，并且渐渐地她也以这个理由来宽慰自己。冷静地想一想，这似乎也有点不可思议。居然会有这么多的女子和一个有妻子的男人发生瓜葛，起初治子难以置信，很快，这种幼稚的狐疑便不复存在，但她还是想不出，那些女子为什么那么快又和松雄分手了，这对她而言是个难解的谜。难道松雄真的一无是处？难道只有自己至今还看不清他是个不可长相厮守的人，而仍旧与他生活在同一个屋檐下？似乎问题也不仅仅是妻子和情人之间的区别。

但是，和松雄分手的女子，却从来没有人上门来数落松雄、发泄怨愤，据松雄自己讲，那些女子和他分手后对他并不怨恨，当然松雄也没有在背后说过那些女子的坏话。

一旦和女子的事情被治子知晓，松雄就会变得非常天真单纯，和女子约会后，他会赤裸裸毫不保留地向治子坦白，而治子则平静地听着他的讲述，尽管已经见怪不怪了，但内心却睁着一对伤心的眼睛，直直地盯着松雄。

对于分手的女子，松雄很快就会将其忘掉，似乎没有一点儿痛苦。但治子无法忘记，结果便是，松雄已经忘记了的女子，治子却还记得清清楚楚，仿佛这是她的义务，是她代松雄记住她们似的。其实不仅限于女人这种事情，大体关于某件事情的记忆在夫妇之间总是如此，只不过松雄似乎做得有些过头了。

至于对方女子，日子照过生活继续，也不会一直将松雄这个名字记挂在心里，松雄也早忘记了，只剩"第三者"治子一个人还将之深深印刻在心间。这算怎么回事呢？

松雄非常溺爱孩子，每天晚上非得要将三岁的女儿抱在怀里才睡得安稳。

"要是像您可就糟了。"治子打趣道。

"没事，女孩子不要紧的。"

"嗳，睡觉之前拜托啦！"

"嗯。"

松雄答应着，利落地抱起女儿，往厕所走去。看着丈夫如此的背影，治子忍不住想大声笑出来。不知道松雄在其他女人面前会是一副什么样子呢？

"要是治子的话,在上松肯定会把那只煤山雀买下来的,对吧?下次我们一起去吧!"

话虽这么说,可下一次带着一块儿去日光游玩的,却又是别的女子。

那是刚刚进入梅雨季节的时候,恰是山间百鸟争鸣的季候,松雄眼睛望着华严瀑布,耳朵却在听着煤山雀和知更鸟的鸣叫声;在汤湖钓鳟鱼的时候也是,只要煤山雀一叫,他便默默地数着数。清脆的啼叫声在湖面上回荡,那是一幅多么美的画面啊。可是回来之后,松雄便对治子说,那儿的煤山雀不行,叫声持续不了七声,跟木曾上松町的名鸟比起来差远啦。

到了日光站,松雄又冒出新的念头,在村子里到处逛着寻觅小鸟。天色已晚,同行的女子不满地嘀咕起来。这个村子盛行的是绣眼鸟,好不容易找到一家花鸟店,原本是一家卖头饰的店,主人因为喜欢鸟,便饲养起了各种雏鸟,据说还销往东京呢。拐入一条小径、像是在地面挖个坑搭建起来的屋子里,连个人坐的地方也没有,只有三只绣眼鸟。店主人自称对绣眼鸟的兴趣远远超过煤山雀,于是便在小店里摆起了有关绣眼鸟的龙门阵。松雄走过去,停在了三只鸟笼的其中一只下面,这只恰恰是店主人最喜爱的鸟儿,不过,松雄却不像对上松町的煤山雀那样兴致盎然。

"这个好像算不上是很名贵的鸟儿吧?"

听到松雄这样说,头饰店的主人将他错认作是玩鸟的行家了,于是一下子将价格压了下来。松雄心想这还差不多,于是照旧想让女子将这只绣眼鸟带回家先养着,女子嫌麻烦没有应允。她因为在雾雨天气中被迫跟着到处瞎逛,衣服淋湿起皱了,心里正不爽呢。

和治子说起这件事的时候,日光的绣眼鸟似乎不如木曾的煤山雀那样,在松雄的心里留下很强烈的印象。

木曾的煤山雀是前年初秋的事了,日光的绣眼鸟则是去年初夏的事情。随同松雄一块儿去日光的女子,很快也和他分手了。

从今年正月起,松雄忽然一下子发福了,自己也很讨厌。他原本就长着一张圆乎乎的脸,稍稍一低头,就会像女人似的现出双下巴来,耳朵也长得很富态,眼睛看上去很和善。现在再往横里一扩开来,从背后看的话,总感觉特别的凄单,真是不可思议。

"这样胖法总感觉不太正常啊,不会是什么地方出问题了吧。"

出差回到家,他抚着凸出的肚子,自说自话道。

"酒喝太多啦,稍微控制一下吧……"

治子回了他一句。感觉最近好像没有跟什么女人沾上。

"这是什么话,我要是想瘦的话就肯定能瘦下来。"说到这里松雄笑了,"这么说起来,治子你不也胖出来了吗?"

"大概是吧……"

治子看了看自己的胳膊和腿。

"孩子长得也壮实……"

松雄自言自语道，一副自我感觉很不错的样子。

突然，一股愤懑涌上治子的胸口，她赶紧闭上眼睛，拼命忍住。假如自己用夸张一点的语气告诉松雄，自己没有一天不想和他离婚的话，不知道他会惊讶成什么样子呢。

松雄此时忽然露出孩子般的天真表情，说道："别人都说呢，说我这个人运气好啦，性格讨人喜欢啦，从来没有像模像样考虑过去争呀抢呀什么的，嗯，就因为这样，所以才人缘好吃得开啊。"

"哪里呀，您是不是对自己太有自信了？"

治子觉得这种话太出乎自己的意料了。

梅雨季节的一天，治子在整理壁橱，发现有东西发霉了。她最讨厌这个了，于是赶忙将壁橱里的东西统统扯出来，不料这时家里来客人了。最先听到的不是客人的招呼声，而是小鸟的鸣叫声。原来是木曾上松町那家木材店的主人，因为生意上有点事来到东京，便顺道将煤山雀给送上门来了。

治子不是一点点的狼狈。前年丈夫带着一同前去游玩的女子不是妻子，想必木材店主人已经知道了，如今看到治子心里会怎么想呢？

告诉他丈夫不巧正好外出了，可是木材店主人却说，既然都带来了，还是把鸟留在这儿吧。

"假如不需要的话，反正我在东京还要待两三天呢，给旅馆那边打个电话，我再过来拿走就是了……"

"啊，这个……我先生这人就是心血来潮，其实他之前根本没有饲养过小鸟呀。"

木材店主人一脸的不解,还以为治子在骗他哩。没办法,治子只好付了钱,将鸟留下。二十日元,比丈夫说的便宜了十元。

傍晚,松雄回到家,顿时像个小孩子似的一阵狂喜,站在鸟笼跟前就不肯挪步了。

"真的就是那只鸟吗?他走了之后我才想到,会不会是拿了另一只鸟来糊弄人呀,为此还有点担心呢。"

"不不,就是那只鸟!一点也没错,就是那只。"

没承想四五天后,日光那边的头饰店主人也带了两只煤山雀找上门来,这次治子高高兴兴很爽快地付钱买下来了。价格也很便宜。

松雄从公司下班回来后,满以为他会驻足听听小鸟的鸣叫声,不想松雄却随手打开了鸟笼的门,将两只鸟都放飞了。

"哎呀!您这是做什么呀?"

治子急急地跑到院子里想去追两只鸟。

"这鸟不行,让它们去吧,让它们去吧!"

松雄满不在乎地说。

治子目光追着天空中逃走的两只煤山雀,默默地望了很久。真想得开,全无半点顾惜,不过治子没有埋怨丈夫,相反,她在心里对丈夫暗暗生出了几许尊敬。

本以为丈夫已经将煤山雀的事情忘得差不多了吧,谁想木曾的木材店主人和日光的头饰店主人还一直记得与松雄的约

123

定，特意将鸟儿送到东京来了，这让治子实在难以理解。

再有，煤山雀已然成为松雄念想两个女子的一种信物，而自己竟每天帮着细心照料剩余的那一只，这个举动让治子自己都觉得不可思议。

松雄不在家的时候，治子伫立在鸟笼旁，凝视着这只煤山雀。煤山雀即使在鸟类中也属于体形较小的鸟。名鸟的鸣叫声果然清亮激越，鸣叫的持续时间也很长，长得几乎让人透不过气来，这叫声沁入治子的心里，她感觉胸中也变得清澈爽畅。她闭上眼睛，听得出神了，恍惚之中她仿佛听到一缕鸾音在接近自己，将自己的生命和丈夫的生命在神的世界中交融在一起。治子独自噙着泪水点了点头。

早晨的云彩

朝雲

她第一次走向教室时，途中在走廊的转角处停了下来，站在那儿透过古旧的窗户抬头朝空中望了一望。白云的边缘上，还浅浅地残留着少许清晨的蔷薇色。

自那以后，每逢我当值擦拭玻璃窗的时候，就会想起，她就是从这扇窗户向外面的天空眺望的呀，于是我朝玻璃上哈着气，仔细地擦拭着，并且自己也眺望起天空来。和我一起当值的好朋友没有作声，默默地看着我。她肯定不会注意到，她向外眺望天空的这扇窗户，玻璃总是这么的洁净透明吧。

可是，她为什么要站在那儿眺望天上的云彩呢？是作为老师第一次踏进教室因而蓦然有些踌躇？所以才这样，为的是避开等候已久的我们的目光吗？

她在接任的开场白中说："我听说天上的云也因地而异，每个地方的云彩形状都不一样，不知道是不是真的。比如有人说，静冈的云和四国的云，越后的云和仙台的云，形状就不一样，还有人说，乘坐飞机的时候，只要看看外面云的形状，就知道下面是什么地方了。要说中国台湾的云和北海道的云不一样这个没毛病，可是日本国内每个地方的云也全都不一样吗？"

她是因为看到云，而想到了远赴他乡来当老师的自己吗？

我们是第一次听到关于云还有这样的说道，虽然觉得我们似乎应该说些什么呼应一下老师，但谁都没有出声。我们连活动活动身子都感觉好像身不由己了。面对如此美丽的老师，不消说，谁要是先张口出声，谁一定就会成为我们大家的敌人。对于老师的美丽，我们感觉到的第一印象是冷冷的，这才符合少女的警戒意识。

她上课太中规中矩，让我们觉得不是很满意。跟之前那位抑扬顿挫地朗读课文并且陶醉其中的老师比起来，她的朗读平平淡淡，仿佛穿着件居家便服同人说话似的，在我们听来，完全不像一个国文老师应该有的朗读风采。假如之前的老师在的话，想必会毫不客气地向她指出："是不是没有理解这篇文章的神味呀？"课文解释也很简单，不像之前的老师那样，会这样那样地从各个角度引导我们进行欣赏。照这样子教下去的话，一年的课本只消三四个月就该教完了。

之前的那位男老师很自信，甚至在课堂上也公开讲过，自己不会永远被埋没在一个小县城里甘心当一名女子中学老师的。有文章在国文研究的专门杂志上发表，老师会拿到课堂上让学生读，女中二三年级的我们，虽然看不懂，但仍然对老师十分崇拜。后来，老师果然如愿被聘为另一所更好的学校的讲师，他竟然对这所学校毫无留恋，麻麻利利地就离开了。这更让我们觉得老师真了不起，同时又好像是被老师抛弃了，不由得感觉失落。喜欢国文、成绩在班上突出的我，甚至暗暗下了决心，等女子中学毕业后也要从事国文研究，好重新得到老师的认可。

新来的继任老师便是她。那是四月，我们刚刚升入三年级。

六月，按照惯例，学校召开家长汇报演出会。我们班级的任务是出一个体现国文科的节目。我们正在考虑是作文朗读还是对话，她向我们建议，可以用舞蹈形式来表现课文中的诗歌。是一首岛崎藤村的诗，还被谱上曲子灌录了唱片。听到她那样说的时候，我们心中都"扑通扑通"地跳个不停，大家都忐忑地在想，全班谁会被推选出来跳舞呢？

学校有个不成文的规定，凡是家长汇报演出会上表演过节目的人，下次可以不必再表演。我一年级时曾代表文娱会表演过唱歌，任务已然完成。然而刚刚接任没多久的她不熟悉班级情况，因此决定"大家互选来定吧"，结果我被选为十二名候选人之一。放学后，她又是设计舞蹈动作，又是认真地观看我们排练，最后从十二人当中选定了四个人，我也是这四个人中的一个。我非常高兴，同时又十分地紧张不安。被选中的四个人身高几乎都一样，于是我对自己说，她不是看谁跳得好谁跳得差，而是按照身高来挑选人的。她对班级里的其他人也是这样强调的。

然而还是有人心生嫉妒，还有人甚至为此伤心得哭了，尤其是初选是十二个人，经过几天的排练之后再定下最终的四个人，所以没有最终入选的那八个人心里更是不好受。

"大家推选的嘛，所以没什么好说的。人就是这样，我们总是在被选择，在被选择中生存的。"肤色白净的她说道。我当时心头"咯噔"一下，我仰着脸从侧面端详她从脖颈到下巴那段优美的曲线，感觉仿佛她的美丽整个穿透了我。

看见有人哭泣，我真想把这份差事让出去。不过，没有人因为我被选上而说三道四的，我也就安心地投入到排练中去了，不料就在四个人中间居然还出现了互相嫉妒，有人到处散布起谣言来。

"菊井老师对宫子那叫一个亲切呀，我去问先生借唱片，她竟然看着我管我叫宫子！"

我十分气愤。但我什么也做不了。明明对我来说应该是高兴的事，为什么我会生气呢？总之，这件事后来让我很没面子，大概我是觉得对不起她吧。我想说她其实是很公平、对我们一视同仁，但当时我光气愤了，什么话都没能说出来。后来那个学生便不再到处乱说了。

"小的时候体质差，所以才学的舞蹈，可是说起来也挺奇怪的，自从进入女子大学后，居然一次也没有跳过，"她说，"不过，跳舞真的很开心呢。"

她的舞蹈老师是位从日本舞蹈出道、后来又融会了西洋舞蹈风格的所谓新舞蹈的名家，通过报纸新闻以及杂志卷首画，我们经常见识到那位女舞蹈家的丰采，她居然跟那样了不起的人学习过舞蹈，光凭这一点就让我们惊讶不已，仿佛距离遥远的某种辉煌的东西出其不意地来到自己身边，我们四个人聚精会神地看着她做示范，从她的舞蹈动作中领会到了人体动作之美，连她伫立在走廊上眺望清晨云彩的样子，在我们眼里看来，也是一种动人的舞姿。当她手把手教我们动作的时候，感觉她的那种舞蹈之美也传递到了我们身上，我们的血液都为此燃烧起来。

"哎，宫子，擦擦汗吧！"她拿出自己的手帕借我擦汗，我将它贴到脸上，一下子忍不住泪水盈眶，我赶紧捂着眼睛跑到了走廊上，透过那扇古旧的窗户向外面的天空望去。初夏的万里晴空，没有一丝云彩，我感到一种生命焕然一新的喜悦，这让我不由得一阵眩乱。

她用手摸了摸自己微微出汗的脸颊，说："感觉有点热了呢。"我们四个人也用手摸住脸颊，学着她的样子说道："真热呀，真热呀。"随后我们又互相打趣起来："宫子，你脸通红呢！""你才通红呢！"她挨个看了看我们通红的脸颊，什么也没有说。

我们的舞蹈节目大获好评。

从那之后，不知怎么的我开始害怕叫"菊井老师"这几个字了。上她的课时，我也几乎不再举手回答。不过，每次她叫到我的名字时，我会先使劲吞咽一口，然后再一字一句地回答提问。而每次被她叫到名字，晚上我总会躲在被窝里独自咯咯笑个不停。

我所在的小镇，可以非常清楚地看到富士山，离海也很近。沿着镇上的公路，从两旁东海道留存下来的行道树中间去往学校。镇子里冬天也很少积雪。

我们女子中学每年二月会组织去信州滑雪。我估摸她一定会去，所以我也报名参加了。她不太会滑，但她在学校算是年轻的老师，加上可能学过舞蹈的原因，所以进步很快。她的身姿就像她在国文课上朗读课文那样，小心地、轻轻地浮在雪上，看上去美极了。我一边尽量保持距离不朝她那边滑去，一边却看得几乎入迷了。

她仿佛从老师的身份中彻底解放，在这儿又回到了学生时代似的，看着她开心地撒着欢儿，我倒有些不安，真想上前提醒她小心一点。我真羡慕能够落落大方地和她说话的那些人。回到山顶的休憩所时，我想帮她拂去背后沾着的雪，但我心里害怕，最终没敢伸出手去，好不容易有这样一个机会，我可以和她单独说几句话，但我还是错过了，一句话也没说上便下了山。

我在国文课上更加下苦功了，但在教室里我还是尽量不显露，因为不想让她在众人面前夸奖我。有一次被她叫到名字，我突然间慌了神把课文读得不成句子，被她狠狠批评了一通，让我心里很不服气，心想，还剩下一年的时间，她的课我一定要好好努力。我们升入四年级了。五月的一天，我们的体操课改成了打扫射箭场。我正在拔着地上的小草，她不知道从哪里冒出来，一边帮着我拔草一边问我："第五节是什么课？"我紧张得心怦怦乱跳，什么话也说不出来，旁边的人替我答道："是家政课。""是吗？"她轻轻点点头，没有再说什么，可我的心仍然无法平静下来。

差不多同时，还有一次我们正在练习射箭，忽然下起了雨。她从宿舍方向一路小跑过来，让我躲进雨伞下面。"往这边挤一下呀，不然要淋湿了！"她笑着搂住我肩膀让我往她身边靠近点。我只穿了件射箭服，肩头感受到她手上的温暖，差一点瘫倒在她身上。第二天，我将仍有点潮湿的射箭服拿到大太阳下晾晒，看着富士山，我忍不住大声感叹道："真美啊！"

隔了没多久，学校组织远足到富士山山麓下时，我很想告诉她，从我家里就能看到漂亮的富士山，可是几次走到她面前我都紧张得开不了口，最终还是没能说出来。她也没有主动同我搭话。那一天，她大概不舒服，脸色有点苍白。她身穿海蓝色的西服，头上很随意地戴了顶白色的帽子，她走向一棵粗大的松树，低着头俯下身来。那个身影我永远都忘不掉。莫非她也有什么愁绪？那一刻我才蓦地意识到，她同我毫无关系，不知道什么时候她就会离开这儿，去到别的地方。

曾经有一次，她说透过教室的窗户可以看到富士山，然后便在教室里朗读起了《竹取物语》。她问大家："这是日本最古老的小说，不过非常通俗易懂是不是？你们听了我的朗读，大概意思能理解吧？最古老的小说，竟然是以如此浅显的语言写成的，难道不让人感到欣慰吗？"她还说，这部作品的中心思想是赞美少女的纯洁，这在日本古代的物语作品中是很少见的，作品将竹、月亮、富士山作为日本自然美的象征来进行讴歌，古代的人们是有信仰的。她似乎很喜欢诞生于竹子、最终升天进入月亮的世界的公主。她还说《竹取物语》那个时代，富士山还有火山活动还冒着烟呢。也许她还遥念着那位倚在松树上的公主吧。

　　暑假过后的一个秋日，她穿了一件胭脂色的西服，胸前有一小片白线缝制的刺绣图案，显得跟往常很不一样的可爱。当时，她也是从教师宿舍出来，我低着头装作和她恰好偶遇。她一点儿也不了解我的心思，所以我不指望她会视线朝下注意到我，我只要看着她就心满意足了，虽然我终究紧张得没敢抬起头，不过她那副可爱的样子，让我觉得她和我们这些少女似乎并没有多大不一样。这一重大发现令我很惊讶，我清楚地意识到自己内心有什么东西在萌发，大概那就是被称之为青春的东西吧。我会成为像她一样的"女性"，我正在一点点变成那样——想到这个，不由得心花怒放。我贪婪地偷看着她，同时试着以她的眼睛来审视我自己。因为她，我一下子迅速长大，而她，却似乎丝毫也没有感觉到。

　　冬天来了，我们在学校操场上跳绳。又是很偶然的，在我跳的时候她刚好进来，抓住我的肩膀和我一起跳，我一慌张脚被绳子勾住了。"哎呀，这样可不行哟。"她摇着我的肩膀说道。我垂头丧气地打算下绳，她却按住我的肩膀，"再来！"她对攥着绳把负责甩绳子的女生催促道。绳子又甩动开来，我闭上眼睛跳了起来，什么都不去想，一心只想着合上她的节拍跃起腾跳。就这样一直跳着。感觉身体是那样轻盈,好像上足了发条的人偶似的不知疲倦地跳着。渐渐手脚发麻,失去了知觉,但仍起劲地跳个不停。闭紧的睫毛之间溢出了滚热的眼泪。她的呼吸有点急促,气息直扑我脸颊。"哎哟,不行了,不行了,累死了!"她的手从我肩膀上移开,钻出绳圈,我一下子凉了半截,可是没办法,我仍继续跳着,一直到眼泪流干为止仍不停地跳。

我在学校哭一共就有两次,一次是排练舞蹈的时候,她拿自己的手帕给我,我把它贴在脸上,再有就是这次跳绳。自从这次跳绳之后,有一阵子我经常做梦梦到跳绳,梦中,脚下踩不到地,我掉入黑暗的深渊,然后便吓醒了。

临近年末,我们正在玩打羽毛毽子的游戏,我不经意和她的视线相对,羽毛毽子掉在了地上。不可思议的是,后来她帮我数着数,我的技艺竟然一下子大有长进,就像那次跳绳一样。

不过,有的时候她上课整整一节课都不朝我看一眼,这时候我就会无精打采,仿佛所有的希望和幻想全都破灭了似的。她对学习成绩要求非常严格,尤其是答题时如果字写得乌七八糟,这是她最讨厌的,她经常为此而叽叽咕咕地数落学生,我们的作文经常挨她批评,总之,她的教学方式和之前那位老师完全不一样。之前的老师醉心于国文研究,不容许少女的作文中出现爱情之类的表现,这个我们是知道的。而她则是有洁癖,就连我们日常会话中的措辞也不放过,"拜托,那种词儿千万不要用",她常常会扭过头去这样说道。但即使因为这种事情首先拿我来批评,我被她指名道姓也还是会开心一天的。

为了她,我不是一直在努力吗?被她批评几句这种小事又有什么呢?我想向别人倾诉心事,但最终还是忍住了,我心想,毕业之后一切就都可以说出来了。那个时候,老师和学生恋爱不用说是严禁的,而我和她之间并不是恋爱。我有时候会想象着毕业后给她写信的情形,如何遣词如何表白,想着这些我就会感到幸福。也许她不会回我信,也许到那时候我根本不会给她写信,一边这样想,一边我仍然在心里斟酌琢磨幻想中写给她的信。

她接任之后的第二个新年到了。正月春假①里,我听到一个消息说她向学校提出辞职,不由得大吃一惊。除了我们年级,她还担任一年级的国文课老师,听说她对一年级的学生说过这样的话。想到她竟然对一年级学生更加偏爱,我不禁感到失落,为什么不跟我们打声招呼就离去呢?

去年年末的最后一次课上,不是还像平常一样,一点也没有要辞职的迹象吗?我的梦想统统破灭了。正月里约定好的事情全都被我毁了约,小学的同学聚会没去,上小学老师家拜贺新年也没去,讲好的三个同学来我家举行新年会也取消了。"宫子!"每当母亲唤我我都会猛地吓一跳,我一边急忙起身

---

① 春假:日本的小学和初高中实行一年三学期制,其间穿插有春假、暑假和冬假,其中春假一般从三月末始至四月初结束。

朝母亲走去一边在想，今年正月母亲似乎招呼我特别的频繁。然而老师辞职的传闻究竟是真是假，我并没有去找人核实。事到如今，我竟然闭口不想提她的名字，装作一无所知一样，我真是个无情的人——我为这样的自己感到悲哀。我来到后院朝鸡吆喝一声，手里抓着一把鸡饲料扬手一撒，刚好望见正月里的富士山。

等到九日去学校的时候，我已经一多半不抱希望了，没承想她竟然还在。她比去年更加美丽了。我毛毛腾腾地走上前，差点和她撞个满怀，我心里一高兴，也顾不得同学们的嗤笑，和她交换了手帕。更让人高兴的是，我们这一周值周的老师正好是她和久保老师二人。

在狭小的值周室里，我挨了她一通呵斥，当时她狠狠地盯着我。为了请她批阅上一周的值周日志，我四处找她，终于发现她的背影，她正要登上楼梯到裁缝室去。"老师！"我叫住了她。她便站在楼梯半中间翻看起值周日志来，冬日的午后阳光早早便开始西斜了，楼梯上少许有些昏暗，她皱起眉头把脸凑近日志仔细地看，昏暗中我也情不自禁使劲睁大了眼睛，蓦然意识到，此刻这儿只有她和我两个人，不由得涨红了脸。难得这样的机会，要是把我心里的话说出来该多好呀，我暗暗给自己鼓劲：说吧！快点说出来！可是我只叫了声"老师！"便什么话也说不出来了。"可以。"她把日志还给我，然后便头也不回上楼去了裁缝室。什么话也不要说了吧？要不要再喊一声"老师"把她叫住？原来我并没有下定决心让她知道我的心思。

她经常会问我:"下一节什么课?"而我只会小声嗫嚅道:"地理。"就这样简率的一句。如此生硬的回答,好像在有意冷淡她似的,甚至还会故意做出一种反感的声姿。大概她心里会想,真是个不讨人喜欢的小姑娘吧。

又快到今年去滑雪的时候了。想到明年春天就要毕业,这是最后一次和她一起去滑雪,所以我想都没有多想便决定参加。谁知道后来,班上几个和我要好的同学,一会儿一个退出,一会儿又一个退出,到最后竟然全都不去了。我不想被人以为就是想跟着她才去的,于是最终我也取消了计划。"宫子也不去了?"她问我。"嗯。"我没好气地回答。这天,我一整天都在想象,她在山顶的休憩所会和谁搭话?她会滑得怎么样?心里不由得有股说不出的滋味。直到第二天,听说她也没去滑雪我才长长舒了口气,感到放心了,与此同时,去年她在雪原上英气勃勃的身姿又栩栩如生地浮现在眼前,我反而想,让那么多女生欣赏一下她滑雪的英姿也挺好的呀,我在不在的都没关系啦。

多么古怪。我既想让她看到我,又害怕被她看到,因而要么躲在别人背后,偷偷地看上她几眼,要么对大大方方和她说话的人暗自羡慕不已,却始终畏畏缩缩,不敢做出什么表示。我真是可怜。那阵子,我习惯自己对自己说:"她简直是美得不像话啦!"甚至还会带着些幽怨地想:像她那样美丽动人的人,为什么会到女子中学来当老师呢?她的存在给这个世界播布了许许多多的罪恶,自己却浑然不晓,我一心想使自己变得更加美丽，想得那叫心酸啊，心酸得几近绝望，这也是因为她。

我把自己的日子分成两类，遇见她的日子，和遇不见她的日子。我发现自己若是稍微晚一点去学校，就会在校门口附近遇到她。

樱花开了，我五年级了。去富士山山麓远足这将是最后一次，不巧的是我患了感冒，没能去成。今天烟雨蒙蒙，是个阴冷的早晨。大家集合列队完毕，仍没有看见她的身影，我心里怦怦发跳，莫非她和我一样也留下没去？然而，就在同学们的队列出发的那一刻，她出现了，朝留下的我们这边看也不看一眼，跑着步匆匆追上队伍而去。

就这样，我始终都是在独自瞎起劲，我什么都没说出口，终于迎来了学校生活的结束。最后一节课，是另外一位老师赠送了我们临别的赠言，而她连句像样的临别赠言都没有对我们说。她对于和我们分别似乎也不那么伤感，竟然还嘻嘻地笑着，学生们说什么，她就露出开心的笑容。第一次看到她这样开心的笑。她在我们的课桌之间来回穿梭，看上去她倒好像是即将毕业的女生似的。三年前她刚刚接任任课老师时，我虽然觉得她其实并不是个冷冷的人，但总感觉她身上似乎有种东西让人难以捉摸，此刻看着大家和她一起嘻嘻哈哈开心地闹着，我心想，大概只有我一个人试图去看透真正的她吧，这样一想又不觉落寞。这节课上我一直在看她，我从来没有这样过，从头到尾都在专注地看着她，可是这一天，她竟然没有朝我投来

139

一瞥。多么可笑啊。我想她不是故意躲避我的视线,是其他人的热闹氛围吸引了她的注意力,从而忘记了我的存在。

毕业典礼上,我莫名其妙地哭了,可其实我并没有觉得特别伤感。临别之际,所有老师都为我们签名留念,唯独少了一个人,还是她。

"菊井老师!""菊井老师!"大家四下里寻找着,连勤杂工大叔也签了名,因此大家便跑去勤杂工的屋子搜寻,忽然发觉后面有一大群人跑来,回过头去一看,跑在最前面的正是她,众多毕业生则跟在后面一边紧追不舍一边喊着"老师!""老师!"最终在动植物标本室将她围住,大家排着队请她签名留念,口中还不停地埋怨:"您怎么这样啊?老师,怎么这样啊?!""老师您一个人躲到这儿来了,真滑头呀。"她却连自己的名字都不肯写。我一个劲地央求她,几乎要哭出来了。

毕业典礼当天老师为学生签名留念,是大家公认的每年的固定习俗,有的老师还会事先想好一些贴切的词句写下来,同时签上自己的名字。明明知道学生们一定会请她签名的,她为什么还要躲起来呢?在我的央求下,她总算接过我的笔,写下了"祝你幸福!"几个字。这也太平淡无奇了,而且和其他老师的相比,她写的最简短。字写得很小,很工整。

她在其他学生的留言本上写的也尽是"祝你幸福",有人带着少许揶揄的语气问她:"老师,幸福指的是什么呀?"她以平时不曾见过的严厉神色盯着那人,说道:"这种问题,问你自己啊!""可是,老师您是祝我什么样的幸福呢?"那个学生继续追问。"所谓幸福有各种各样的幸福，我不想一一列举。"她答道。"我只想拥有像老师一样的幸福。"那个学生低声说道，我听了吓一跳，她却若无其事地莞尔一笑道："哦？你那样想也不错啊。"

毕业典礼结束回家的路上，东海道上古老的行道树上，春光在松叶上闪烁、跃动，桃花的花苞也开始初绽。"祝你幸福！"我自言自语地试着说出声来，忽然意识到，作为临别赠言还是这句话最贴切，恐怕没有比它更美好的祝福了。

然而，我并没有和她分别。三年来一直埋藏在心里的秘密终于可以向她表白了，也不怕被人知道了。我在心里已经暗暗给她写了几封信，好几篇我都能背下来。我仿佛被某种几乎要溢出的东西催促着，不由得加快了脚步。一回到家，我立即埋头写起来，三年来，我是多么地期盼着这一天啊。可是，在将信投进邮筒的一瞬间，我后悔了，信已经不可能再回到我手里。我戳破了自己的美好幻想，开启了一段悲伤的日子。

那以后，出门回家我都极力避开那个邮筒，情愿绕着道走。我无法克制自己，想不出其他办法，只能用更加热烈的信来和我的悔恨赛跑，我又写了第二封信。但都如石沉大海，毫无反应。我心想这是意料之中的事，但又怀疑信是不是没能寄到她手上。第三封信，我特意投进了她宿舍附近的邮筒里。第四封信我是跑到邮局当面递投的。可是，她依旧没有给我任何回复。

女子学校放春假了。已经毕了业的我想象着学校这会儿有些什么事情,自说自话替她梳理了一份日程,她此时大概休假回老家看望父母去了吧,她应该不会向学校提出辞职吧,想到她有可能不再待在我们这个小镇了,我心里就有点沉不住气。四月一日,本地报纸将刊出本县教员人事调动的消息,我惴惴不安地等着这一天。但是,调动的不是她,而是地理课的老师,由于是本地的资深教员,因此连他转任当天的火车发车时间都详细登了出来。应该会有很多人为他送行,她肯定也会去的。然而,我给她寄出那么多信,她却不理睬我,让我羞于再和她见面,所以不能去为地理老师送行了。

可到了这天,我还是去了火车站。我看到了她的身影,但却不敢让她发现我,我怕她看到我,故意躲在人群中。她和其他老师很快打道回府了,我久久地目送着她的身影离去,她一点儿也没有注意到我,像我在学校读书的时候一样。车站和镇中心之间还残留着一片农地,她从地里摘了一把紫云英又扔到河里,紫云英顺着河水朝我身旁流淌过来,我想拾起来但还是放弃了。小河中涨起的河水大概是富士山上的积雪融化的吧。

回到家,我又给她写了第五封信,但这次不像之前那样,我不指望她给我回信,我只是想把我自己的心思传达给她而已。整整憋了三年,想说的话太多,往日的回忆写起来就没个完。

第八封信我托堂妹直接交到她手上。这举动有点胆大包天,可我想,至少这么一次我要确认信是到她手上的。二年级的堂妹爽快地答应了。不过当我想到这天她到学校后我的信就塞在她口袋里，又不觉战战兢兢的，总感觉好像自己仍是个在校学生，而且马上就要被叫到教员办公室挨训斥一样。堂妹放学后到我家来说，信已经交给她了。

"菊井老师收下了？"我努力装作若无其事地问了句。"嗯。"堂妹点头应道。"她没说什么吗？""什么也没说，悄默声地收下了呀。""她什么表情？""什么表情？很酷的表情啊。""很酷的表情？"我重复道，同时在心里浮出了她的那副姿颜。现在是五月，她会是怎样的姣美妍丽啊。我拉起堂妹的手，朝大海方向跑去。

谁知道，这封信还是没有回音。我彻底绝望了。莫非她终究是我无法靠近的人？我跪坐在地上，一边往大花瓶里插着蔷薇花，一边暗自祈祷着什么。我下定决心，再也不写信了。我向母亲提出，我要上女子大学。

五月末的一天，我翻开日记本，吃了一惊：从打定主意不再写信的那天起，日记本上竟然一片空白，什么也没记。眼泪"啪嗒啪嗒"地掉落在白纸上。我凝望着自己的泪滴，心想就让它穿透几层白纸吧，让这眼泪洗刷我这些阴晦的日子吧。"不要怨恨。不要怨恨。"我对自己说。她虽然什么也没有给过我，但毫无疑问她实际上给了我许许多多，我的少女岁月因为她而发生了巨大的变化，我仿佛焕然重生了。她是我无法接近的恩师。我一定要让自己更加美丽、更加幸福，不然就配不上她写给我的临别赠言。

"你和宫子长得很像哪。"堂妹来向我报告，说她对她这样

143

说，我听了一下子又高兴得不知道怎样才好。她还记得我。她对我还是很欣赏的。为了表示感谢，我央求父亲，想把那天插了蔷薇花的那只中国辰砂①瓶送给她。但父亲没同意，另外，托第三人转送又显得有点小题大做，所以也就没送成。我编织了一块桌心布，给堂妹送了个口信，但是堂妹说这个包在纸包里送过去太招摇了，她两次都没敢送去。没办法，我只得包成一个邮包邮寄给她，但她连一张表示东西收到的明信片都没写给我。

五年级学生从东京出发去日光旅行，她们中有我认识的女生，我思忖有可能遇到她，于是特意到车站去送行，然而却没发现她的身影。尽管如此，家政课举办的义卖会她是肯定会参加的，于是我邀了母亲一同去逛义卖会。在我们准备回家、坐在食堂稍事休息的时候，从楼梯涌上来一群人，人群中我隐约看到了她。"妈妈，是菊井老师，是菊井老师。"说着我站起身。"是吗，在哪儿呢？"母亲将视线投向那群人，却已经不见她的人影了。"我得过去跟老师打声招呼。"母亲说。"她穿着件灰色的西服！"我的声音里充满了兴奋，朝楼梯方向跑去。

她独自一人在欣赏手工艺作品。我的心怦怦乱跳，畏头畏

---

① 辰砂：又称朱砂、丹砂、赤丹、汞砂，一种硫化汞矿物，是炼汞的主要矿物原料，也是中国古代炼丹的重要原料，还是一种中药材。过去以产自辰州（今湖南沅陵一带）的品质最佳而得名。

尾的不敢趋前，母亲走上前去向她鞠了一躬。她转过头来朝我这边露出微笑。她似乎有点不好意思。我低下头，感觉一阵晕眩差点摔倒，赶紧抓住身旁不知是谁的肩膀。她朝我走过来，"宫子小姐，你干什么躲得远远的？"她对我说道，"嗨，让我看看，有没有变得更美呀。"我心里发慌，只是一个劲地摇头。哦，我在学校的时候她对我是什么态度别人知道吗？"我们一块儿走吧！"她亲切地对我母亲说道。

她和母亲一同走在松树相夹的公路一侧，不过说的无非都是些不痛不痒的套话。被母亲的身体遮挡着，我看不到她的样子。一路上我默不作声，她对我也完全无视。"宫子小姐还有个哥哥吧？他出去了吗？"她出其不意地问我。"嗳，我成天被孩子们搞得都快烦死了。"母亲接口道。"那还不至于吧。假如您想问她在学校怎么样，您觉得我会怎么回答呢？"说着她朝我看了一眼，"或许她算是个情绪很容易冲动的姑娘吧？老师都经常被她折磨得焦头烂额呐！"我一阵晕眩，眼前发黑，几乎喘不上气来。"哈哈哈，我是开玩笑的。"她说着爽朗地笑了，可我却感觉和她一起走路太令人痛苦了。

然后我冷静地想了想，她的话似乎包含了好几种意思。她是在责怪我吗？还是若无其事地提醒母亲希望她注意我的行为？又或者是一半开玩笑一半认真地对我的感情给出的答复？不论哪种情况，那句话都是她对我寄给她的信所做的回复。母亲什么也不了解，"真不好意思，她就是个任性的孩子，想必给老师添了不少麻烦。"母亲不着边际地应酬着。"没有没有。

我做学生的时候,也像宫子小姐一样很单纯直率的呢。"她说。我感觉好像周身泛起一种令人晕眩的幸福感。

她在公路中段折入旁边的一条横道。"到底是学校老师,穿着很朴素。不过年纪轻,即使穿着朴素还是显得很有气质呢。"母亲情不自禁地说着,目送她离去,"可即使身上穿的衣服再朴素,但还是神采奕奕的,人要是输给衣服,那可不行啊。"我告诉母亲说她的衣服都是自己做的,母亲吃了一惊。"有好多衬衣呀毛衣,全是她自己亲手做的,也不知道是什么时候做的。"说起此事来我更是觉得不可思议。"做得真漂亮!"母亲说,"老师说到了你出嫁的事,也不知道她自己怎么样了?""不知道。"我有点赌气地回答。母亲和我长时间地目送她离去,可她却连头也不回一下。什么人呀。

义卖会结束回家的路上,和她一同走了一程,这是第一次,也是最后一次。除去在课堂上,这也是她第一次专门谈论到我的事情。

母校学生们远足去富士山山麓那天,我出门跑到田埂路上去张望,但是没有看到她的身影。暑假中的某一天,我得知她回老家探亲去了,便跑到学校去玩。她第一天来学校,走向教室的途中停下来驻足眺望天空的那扇窗户的玻璃已经脏了。也就是这个暑假,听说她终于还是向学校提出辞职了,我一下子感觉心里空荡荡的,很不是滋味。和读书时的好友邂逅时,也不知怎的突然间有了种生分的感觉,母校在我心里渐渐地变得不那么令人怀念了。秋季运动会我也不想去观看。我开始蜕掉女学生的缚茧，真正毕业了。我不去海滨泡海水浴，乖乖地待在家里，听从母亲的吩咐帮她干家务活。我一心期盼早日真正成为一个大人。夜半，我经常会醒来，睁大眼睛凝视月亮。

　　我想起她曾经讲过，《竹取物语》中的老翁和老妪望见月亮就忍不住啜泣，不过我看见月亮不会哭泣的。每当忆起她那妩媚的身姿，胸中感到难受的时候，我就坐在镜台前，仔细找寻自己身上的女性之美，我希望自己比她更加美丽。我将发梢绕在手指上端详着——以前我从未有过这样的举动。

　　秋季学期开始了。她到学校跟人道别。送别那天她乘坐的是早晨的早班火车。我犹豫着是去还是不去，但假如我错过这个机会的话，我也许这辈子都再也见不到她了。她还是那样美丽，在她面前，我内心早已彻底拜服了，我竟然想比她更美丽——虽然只是一个闪念，我是多么地不知天高地厚啊。只要看到她的身影，我就仿佛获得了重生一样。

　　火车启动，当驶过我面前时，我鞠躬行了个礼，并轻轻叫了声"老师！"她俯首看清了是我，然后就一直凝视着我。这是任何人怎么说都无法否定的千真万确的事实。临到分别，她才第一次认认真真地凝视起我，火车已经驶出站台了，她仍目不转睛地凝视着我。在学生们的告别声中，她的身影渐渐远去，而此时我站的位置，正好可以看得最远，一直目送着那扇车窗消失。为她送最后一程的人是我。她挥着手，直到看不见为止。她挥手的姿势，让我回想起三年级时她教我们跳的舞蹈动作。

147

她乘坐的火车在天际处与天上的云彩连接在了一起。我仿佛透过云彩，看到她仍在挥手。她似乎一直凝视着我。初秋的早晨，微风轻拂。这之后，我给她的老家那边写了好几封信，她仍是毫无回应，但是，是她让我的少女之心鼓起了满满的梦想，是她栽植了我这棵幼嫩的芽，所以当我回想起她的时候，心里已经不会发痛了。现在的我，非常平静。

附录一

永 恒 的 旅 人
——川端康成氏其人其作品

三岛由纪夫

一

数日前报纸报道，川端氏又一次取消了以日本笔会代表身份赴欧的计划。每年，仿佛一项例行节日活动似的，总会传出关于川端氏将出席国际笔会的消息；然后隔一段时间，又像是例行公事似的，再传出取消出行的消息。一般读者根本闹不清怎么回事情。

但奇怪的是，川端氏自己似乎也不清楚是怎么回事。我曾经问过他几次："今年是要成行了吧？"

"嗯，还不知道哪。"

得到的只有这样的回答。有时到了最后紧巴巴的时刻他的回答还是这样，最终，还是按照川端氏本人的意向取消了出行。

概括起来说，我的观点是，真正有必要出国的文人，无论出现什么情况最终都注定会成行，因为某些情况而无法成行的文人，说明他并不是真正需要出国，这个观点在川端氏身上似乎十分地允切。但是，我的问题不在于此，而在于围绕川端氏的访欧以及取消其间的前因后果，以及在这个过程中涉及川端氏的某种规律性的东西。

大抵有关川端氏的生活、艺术及人生方方面面都是如此，常常以讹传讹。究竟川端氏是真想出国还是不想出国，谁也不清楚，川端氏本人都不知道的事情，别人又何从得知呢？

以我这样一个行事匆匆、墨守成规、做任何一件事情都要按部就班的人来看，川端氏实在是个不可思议的存在，仿佛上帝在创造他的时候，就像建造庭园似的，一边琢磨、比较着，一边乐在其中地将他创造出来，唯其如此才会造成他这样性格上的极端矛盾吧。用东方式比喻来形容，像我这样的人只能算凡夫俗子，川端氏则是莫测高深、难以捉摸、汪洋大海般的伟大人物。

然而，当我听到人们说川端氏是个"心无挂碍的人"或"度量大的人物"等，又觉得并不恰如其分。因为倘是这样的性格，我们马上能联想到的应该是西乡隆盛①那一类的人物，但是川端氏身材瘦削，待人接物又有些神经质，与西乡隆盛毫无相似之处。另一方面，我们往往带着流布甚广却是世俗的偏见来看川端氏，例如说他具有一种现代的末梢神经症一般的病态敏感性，或者说他作为古董美术收藏家拥有极细腻的审美感受等等，事实上，川端氏的作品不能说是豪放的、英雄式的，而是构思精巧和多愁善感到令人可怕的地步。

川端氏这个人物的独特性，就在于他的性格中混合了如此不可思议的成分，那么是不是他的生活与他的作品就完全两般三样呢？却又不然，两者之间有一条共同的纽带贯穿其间，这越发令人感到不可思议了。在他那细腻的作品中，随处都可以发现那种不顾一切、极其大胆的笔触。

二

对于川端氏，有说他是个冷若冰霜的人，也有说他是个亲切温煦的人，不同的人评价截然不同。不过，倘若以世俗的标准说他是个亲切温煦的人，他确实是个待人亲切、充满侠气的人，例如他对身陷困境的人给予物质上的援助，乐于帮人解决就业问题，关心照料恩人的遗属，等等，在他的半生中，这类

---

① 西乡隆盛（1827～1877）：号南洲，萨摩藩（相当于今鹿儿岛县）的下级藩士，后成为倒幕运动指导者之一，被后世尊为"明治维新三杰"之一。历任明治政府参议，因鼓吹征韩论不被采纳而下野，后发兵举事挑起西南战争兵败自尽。

美谈不胜枚举。从那些受他帮助的人的角度看,他无疑就跟幡随院长兵卫[①]、清水次郎长[②]一样吧,并且他的这些举动没有一丝伪善的味道,这也正是他的特点。实际上我就深有体会,我出门外游之际,川端氏夫妇特地惠临寒舍,激励我,对于独自出门、心怀不安的我来说,这份激励不知给了我多么大的勇气啊。

与此同时,按照世俗的理解,亲切温煦的人通常所有的那种过度关心、不厌其烦地强卖人情,以及得寸进尺擅闯别人私生活领域等毛病,在川端氏身上却完全没有。这十年来我虽然亲聆其教诲,但他从来没有一本正经地给过我什么忠告。当然,也许他认为我这个人即使忠告也听不进,说了等于白说……还有一个原因,可能是因为他酒量不行,所以我们从来没有过酒徒之间那种无话不说的交际。这十年来,他一次也不曾半强制性地命我"陪我喝几杯",有时在街上偶然相遇,还是身为后辈的我邀请他去喝茶。

假如从社会上以"一块儿喝一杯吧!"或"这家伙太不合群了!"作为人际交往范式的人的角度来看,川端氏显得冷若冰霜也是理所当然的了。就拿我自己来说,其实也期待他偶尔

---

① 幡随院长兵卫(1622~1657?):日本江户时代初期的侠客,原为肥前(今佐贺县、长崎县一带)武士。
② 清水次郎长(1820~1893):本名山本长五郎,日本幕末维新初期的侠客,骏河(今静冈县中部)人。

会趁着兴致好的时候来找我叙谈叙谈，哪怕话题再荒唐，但是，这种事情是绝对不可能发生的。

有人曾经说过："假如要和小说家结伴旅行，那只能限于川端氏，除了他，再也找不到一块儿去旅行却样样事情都无微不至替你操心到家的人，他做起事来真的非常亲切。除此之外，他完全不会干涉你做什么。"

如果此人说的是实情，那么川端氏的整个人生就是一场旅行，他就像个永恒的旅人。旅行仿佛是在人生的某个街角上停一停、歇一歇，于是便会蓦然开悟，想到关心照料一下周边的人，闲来无事发发善心。倘使这样，是不是像川端氏那样做个永远的旅人，就可以养成他那样的生活态度了呢？其实不然，许多人出门旅行但只会越发让周围的人觉得厌烦。

即便如此，我们也很难达到这样的境界，即认为不需要任何人的忠告。从逻辑上讲，所有的忠告无非都是利己主义的伪饰，但是当别人忠告我们时，我们很可能又会忠告别人说："忠告什么的，不就是利己主义的一种伪饰吗？"假如将忠告这种愚蠢的具有社会连带性的幻影打碎，我们又深恐其他的所有幻影也都随之被打碎，从而使自己陷入孤独。

我们觉得川端氏"孤独"，换一种立场则又称川端氏为"渡世圣手"，这种传奇性正是产生自这里。当然，创作需要孤独，但能够成为创作母胎的具有强大动能、富有生气的孤独，不是从游手好闲无病呻吟的惰性的孤独感中产生出来的。普鲁斯特虽然将自己关在木板房内，但也会不时穿上毛皮外套前去造访他的文友,何况川端氏内心健康,没有任何恶习,也很少感冒,更不可能陷于人们凭想象描绘出来的慢性孤独之中,成天一副窥破红尘的面孔。

事实上川端氏经常走出家门。虽然不像爱伦•坡笔下"人群中的人"那样,但在人群丛拥的地方发现川端氏"孤独的"面孔,并不是件稀奇事。你会发现他脸上时常露着滑稽的表情,所以说,或许可以将他和正宗白鸟一起列入好奇心极强的一类人吧。在之前镰仓文库[①]时代,他作为出版社的董事,勤谨奋勉,认真上班工作。他胃口小,一下子吃不下很多,小小的一盒饭居然分四次才吃完。后来不再需要带盒饭出门了,他照样非常认真地出席笔会的例会,从不缺席,与外部打交道等种种繁杂事务他也都亲自参与。

我曾有一两次同川端氏约定在某处碰头,他赴约之准时令我大为吃惊。不过,若以为他对所有事情都有条有理公事化,当然不是的。

他年轻的时候,房东老太太来催缴房租,他一声不吭就那么默默地干坐着,逼得老太太只好无奈离去,这也成为他著名的一则轶闻。他在私生活方面,至今看上去仍似乎缺少规划

[①] 镰仓文库:指由"镰仓文士"(当时居住在神奈川县镰仓市的一批文人,包括川端康成、久米正雄、有岛生马、安西笃子、蒲原有明、里见淳、高见顺、永井龙男、西协顺三郎、堀口大学等数十人)在二战后发起成立的一家文艺类出版社,出版发行文艺杂志《人间》、女性杂志《妇人文库》、大众文艺杂志《文艺往来》、介绍欧洲文学的杂志《欧洲》及综合性杂志《社会》等。

性。从初出茅庐作为一名新人作家的时候起，他就喜欢住大房子，他在热海租了一栋大宅，但据说客人如果留宿的话，他夫人还得手忙脚乱地去租赁铺借用被子。这类传闻即使带有杜撰成分，也的确很符合川端氏的性格。有一段时间，他自己住的是租来的房子，而在轻井泽却拥有三栋私人别墅，这样的人实在是少有。包括古董铺等等，碰到川端氏这样的人想必也相当的头痛吧。

特别不可思议的，是他接待客人时的那个场景。由于他来者不拒，所以只要他在家，经常有数名甚至十数名出版社的编辑、年轻作家、古董商、画商等围在他的周围，我也屡屡造访，有幸叨陪末席。来的客人身份不一，目的各异，假如主人不能出色地把控场面，肯定会出现冷场，这是毫无疑问的。但是一位客人说些什么，他接了腔三言两语就应对过去，接下来只能是沉默，隔一会儿又有客人唐突地说上几句，又是沉默……几个小时就这样过去了。

总的来说，我属于急性子，受不了这种众人沉默的冷场。世间有些人特别有耐心，对方沉默不语他反倒轻松自在，跟那些沉默不语的人在一起时丝毫不觉得累。川端氏大抵就属于这种类型的人，他似乎能自顾自地思考其他事情，完全看不出精神疲惫的样子。因此，和川端氏打交道的编辑也以这种人为最合适，必须能够忍受连续数个小时的沉默发呆，并且乐在其中。有人问，川端氏走进众多客人等候的客厅，一般会先和谁搭话打招呼，据说他一定是首选年轻的女性。

对初次见面的人川端氏留给人的第一印象很差，这是出了名的。他不说话，光是直瞪瞪地盯着对方，胆怯的人往往会不住地揩拭冷汗。甚至有这样一则传闻，说是有位年轻的新人编辑小姐第一次造访他，可以说不凑巧，也可以说正凑巧，没有其他客人在场，于是被川端氏一语不发地晾了半个钟头。最后这位小姐终于受不了了，哇的一声低头大哭起来。

客人当中不乏古董商，有时候古董商带来川端氏喜欢的名品上门，他便专心一意地只顾观赏起古董来，那些连古董的古字都不懂的其他客人，不得不窘涩地望着川端氏的背影、欣赏那些古老的名画以解尴尬。起初川端氏大概高估了我吧，将他所收藏的各种珍品一一让我开眼，怎料我完全没有显示出感兴趣的样子。现在他已经彻底歇心，再也不给我观赏了。

大年初二，川端氏家有招待宾客的习惯。战后我第一次参加这种聚会时，只见大家谈笑风生，唯有川端氏没有加入，独自伸手在火炉上烤着火，默默地望着大家。当时还在世的久米正雄氏突然冲着川端氏喊道：

"川端君你真是个孤独的人哪，你太孤独啦！"

久米氏仿佛大声疾呼似的说。但当时在我的眼里，谈笑风生的久米氏比川端氏显得更加孤独。我确信，我开始懂得了一位成果斐然的作家的孤独。

我之所以不厌其烦地提到川端氏招待客人的态度，是因为我很自然地有这样一种疑问：难道川端氏不珍惜自己的时间吗？我是这样理解的，将事务性杂事的部分整理得井井有条，就可以匀出更多时间放在私生活方面，这是作家享有的特权。当然，这对于诸多杂事的相关对方来说，不用说也是一件益事。但是川端氏对于生活的态度，却完全遵循着我前面说到的他自己的法则，只能说这是种听其自然的态度，从另一个角度来看，这其实是一种蔑视生活的态度。关于这一点，我想在后文再另做条理性的阐述。

然而，在川端氏待人接物的过程中，并非全然没有细细观察就能发现的愉快的一面，那便是在战后俄然兴起的同外国人交际的时候。极少有人像他那样饶有兴味观察西方人的，每次看到坐在西方人中间的他样子，我总觉得他好像跟一个满怀天真和好奇不住地打量西洋人的小孩差不多。

占领[1]期间，美国驻日本大使馆有一位威廉斯夫人，是个有趣的老太太，此人完全不会说日本话，可是竟然成了川端氏的狂热拥趸，川端氏也同她交往甚欢。威廉斯夫人不懂文学，却是个MRA[2]的狂热信徒，用日本的话来说就相当于天理教徒，身材高大，有着美国人特有的开朗性格，待人和善，颇有

---

[1] 指二次大战日本战败无条件投降后，美国以同盟国占领军（GHQ）的名义，对日本实行的单独占领和管制，至1951年双方缔结《日美安全保障条约》美国才结束对日占领，但仍保留军队继续留驻日本的权利。

[2] MRA（Moral Re-Armament）：即所谓"道德重整运动"，由美国路德宗牧师卜克曼（Frank Buchman，1878～1961）于二十世纪三十年代末倡议发起，是标榜"超越种族、阶级、宗教、党派的非政治化的国际性运动"，战后在建设新兴的国家和化敌为友的工作中扮演了重要的幕后角色。

几分可爱。川端氏的作品她一部也没有读过，却狂热地表示喜爱，川端氏则有些露怯，明明会说一点英语但不敢说，于是两人只能用眼神和表情来交流。不过我看得出，他对于这样的交流感到很愉快。《千羽鹤》荣获艺术院奖的时候，这位威廉斯夫人虽然读不懂，却好像自己得奖一样兴奋不已，很快便组织了一个庆祝会，我去到会场一看，她为川端氏准备的大蛋糕上只画了一只鹤。我提醒她："只画了一只鹤，这个不对呀。"威廉斯夫人反问道："怎么不对了？"

"总之就是不对嘛。"我说。

威廉斯夫人说："可是，鹤有上千根羽毛呢，画一只不就可以了吗？"

我心想：也不知道是什么人给她翻译的，害这位老太太掉进字面解读的陷阱了。

三

走笔至此，必须来谈谈川端氏的作品了。前面已经将他的肖像描摹得五零四散，接下来要展开的川端康成论就不再吹毛求疵了。

瓦莱里那句有名的箴言"作家的生活是作品的结果，而不是相反"已是毋庸置疑的了，我近来还渐渐产生了这样一种确信：一流作家的作品与其生活，我们如果不从私小说的角度去审视，事实上作品所描写的正是两者所具有的那种相似性。

芭蕉的《幻住庵记》中有这样一句："到头来，无能又无才的此身唯有这条路方可一直走下去。"我觉得,川端氏作品中那些具有造型美的细节描写——这大概是川端氏对作品和生活的最后宣言吧,以及与此相对照的,川端氏在作品整体构成上的科范取舍,同芭蕉的上面那句俳文一样,似乎诞生自相同的艺术观和相同的生活态度。

即使果如世间所评价的,川端氏是位文章名手,但依我的看法,他其实是一位文无定体的作家。我之所以这样说是因为,所谓小说家的文体,是用以诠释世界的切入口,是钥匙。为了克服混沌和不安,对世界进行梳理和划分,将它装进作品这个狭小的框框内,这时候作家能够利用的工具只有文体,譬如福楼拜的文体、司汤达的文体、普鲁斯特的文体、森鸥外的文体、小林秀雄的文体……举不胜举,所谓文体就是这样的东西。

但是,像川端氏的杰作那样完美,那样完全抛弃了诠释世界的意欲的艺术作品,又是怎样的呢?它实际上无惧混沌,无惧不安,这种无惧就像在无涯的虚空面前无惧地织起一根丝线似的。这与古希腊雕刻家害怕不安和混沌而将意志寄托于大理石形成鲜明的对照,与那威容厉色的大理石雕像奋力抵抗恐怖是完全不一样的。

川端氏作品中的这种无所畏惧,与他在生活中被指的"心无挂碍""度量大""大胆无敌"等世俗表达所披示的那种态度,是极其吻合的。他在生活中那种看上去甚至显得有点虚无主义的彻底的无计划性,同他创作作品时的严谨态度、对于形式的取舍态度，基本上是非常贴近的。川端氏的作品，没有一部属于自发构思创作，所有作品都是应报纸杂志约请、按照报纸杂志刊载的格式要求写的——当然我是在没有仔细查阅年谱的情况下这样说的，倘若说得不对我愿意更正。而像《雪国》，甚至一写多年都未完成，被搁在一边，直到战后才最终完稿。《千羽鹤》和《山音》也差不多，明明读着感觉好像是终篇了，但接下来又刊出续篇，历时数年才终于结束。即使刊载结束，他也没有给出一个戏剧性的灾变结局，所以读者仍然会充满疑问：是真的结束了吗？在这一点上，他和乍看起来似乎风格类似的泉镜花在符合通俗小说定义的《风流线》结尾，采用希腊悲剧似的快速推进做煞尾那种写作手法，刚好是相反的。

川端氏的这种无所畏惧，通过将自己无力化、失助化从而摒除恐惧和不安的这种不战而胜的生存方式，是从何时开始的呢？

我想，这大概是他从几乎像个孤儿似的幼少时期和孤独的青少年时期就养成的吧，像他这样拥有极其敏锐的感受性的少年，没有为之跌倒、为之受伤而健康成长，几乎就是难以置信的天外奇谈。但是，在刚刚开始以文显名的青年时代，有一段时间他对自己灵敏的感受性曾经自我陶醉、享受其中过，这却是事实。在他自称不喜欢的《化妆与口哨》等一些作品中，他那锐利的感受性跃然纸上，尽管这是为数不多的罕见例子，但感性确实在小说中直接起到了人物行为的作用。

在这里，他的感受性变成了一种力量，而这种力量同时也是一股强大的无力感。因为强大的理性可以重构世界,但感受性越是强大,其内心就越需要受容这世界的混沌。这正是川端氏的受难形式。

然而此时,倘若感性向理性寻求拯救的话,会出现什么样的情形呢?理性教会感性以逻辑和理性法则,并将感性引导至无路可退的极限,换句话说,会将作者带入地狱中。另一篇同样是川端氏自称不喜欢的小说《禽兽》,无疑正是作者所窥见的地狱光景。《禽兽》是川端氏最接近理性极限的作品,它与横光利一恰如因为同样的契机而创作的《机械》非常相似,川端氏后来毅然决然地背弃理性从而得到了自我救赎,横光氏则继续堕入地狱、堕入理性的迷惘。

这时候,我认为川端氏内心对人生已经树立了一种确信,这种确信,就像十八世纪的安东尼·华铎[①]所抱有的那种确信——这样比较或许有点奇怪——就是说,感情的就是感情的、感性的就是感性的、感官的就是感官的,各自遵循其法则,只要它们不自行毁灭,就绝不会遭受外来的破坏。这是即使是无涯的虚空面前织起的一根丝线,被地狱的暴风雨狂吹乱打也不会断的确信,而假设换作是大理石雕像的话,可能就被刮倒了吧。

就这样,川端氏意识到:要放任他人,先得放任自我,这

[①] 安东尼·华铎(Antoine Watteau,1684~1721):十八世纪法国的洛可可画家,作品多为恋爱、宴乐等社会风俗题材。

才是人生真谛。但同时,还要时刻警戒,不让他人世界的理性法则渗透到自己的世界中来,然而表面上还必须不以为意地同他人世界的法则周旋……虽说快乐主义实际上有时也会表现出楚楚可怜的样子,但是将川端氏的艺术和华铎的艺术一起称之为快乐艺术,应该八九不离十的吧。

因此,最要紧的是蔑视生活。因为放任了的自我一旦成为生活中的重要因素,是一件危险的事情。被放任的自我假如过于看重生活,显露出一种试图建立生活秩序或者破坏生活秩序的意欲,则作品就濒临危境了。从这一点来说——恕我用词不妥——川端氏的人生态度确实是很有心计的。

说到这里,我想无须再重复了,川端氏是个文无定体的小说家,这是他的宿命。他的作品看似缺少了诠释世界的主观表达,但恐怕这不是简单的缺乏,而是作者主动放弃的结果。

在将自我封闭于抽象的观念之城的人看来,川端氏的人生态度就像飘曳在虚无的大海上的一只孤蝶。然而,谁都无法判定究竟哪边是安全的。

如上所述,假如以为这样的川端氏是一个彻底孤独的、彻底怀疑一切的、对人类彻底缺乏信任的人,那不过是一个不实的传说罢了。在他的作品中,屡屡展现了对生命的敬仰,他对母性泛滥的小说家冈本加乃子的倾倒是出了名的。

对川端氏而言,生命等同于感官。他的作品中散发出来的仿佛人为加工的情色主义,也是其拥有长久人气的原因之一,关于这一点,中村真一郎曾对我说过这样一段非常有意思的感想：

"前些日子，我把川端氏的好多少女小说集中起来，一口气全部读完了，真不得了啊，太情色了！比起他那些纯文学的小说来鲜活得多啦。那样的书给孩子们读合不合适啊？社会上所有的人都以为很安全，让自己孩子去读川端氏的少女小说，岂不是大错特错吗？"

这里的情色主义自然是指大人只有读了才能知道究竟是什么样的情色主义，中村氏不过是正话反说的夸张表达而已，但是这段话却引起了我极大的兴趣。

川端氏作品中的情色主义，与其说是他自我感官意识的流露，不如说是他对于感官也就是生命本体的永远不息的接近，或者说尝试接近，他永远不会对其做出理性的论定，这样说或许更加准确。真正意义上的情色主义，在于对于对象也就是对于另一个生命永远无法触及这一机制，川端氏之所以喜欢描写处女，是因为只要将对象限定于处女，对象就是永远不可触及的，一旦被侵犯就不是处女了，川端氏似乎是对这样一种处女所独具的机制怀有极强的兴趣。在这里，我被一种强烈的诱惑驱动，本打算谈一谈作家与其描写对象之间——写作主体与被写客体之间——的永恒关系，可是限定的字数已满。

尝试做一番简单归纳的话，我认为，在川端氏将生命视为感官性的对象加以敬仰的做法中，似乎同时有着力求背弃那种与之相反的极端理性的东西的做法，两者是一体两面的。生命可以被敬仰，可一旦触及，最终无可避免会产生破坏的冲动，而宛如一根丝线、一只蝴蝶的艺术作品,则既不会被理性毁坏也不会被感官毁坏,就好像被太阳照耀的月亮一样,只是经久不息地沐浴着太阳赐予的幸福之光而已。

战争结束的时候,川端氏说过这样一句意味深长的话:"今后我恐怕只能咏叹日本的悲哀,歌颂日本的美了。"——听起来好似一支笛子在凄恻,深深打动了我的心。

1956 年 4 月

附录二

川端康成年谱

1899 年

6月14日生于大阪市北区此花町1丁目49番宅邸（川端自写年谱为6月11日出生）。父亲荣吉，是个执业医生，爱好汉诗文、文人画①，母亲阿原，娘家是黑田家。传说川端家是从北条泰时〔镰仓幕府的第三代执权（处理日常政务的长官）〕一支传承下来的。康成是家中长子，上有一姐姐，名叫芳子。

1901 年 2 岁

1月，父亲因肺结核病去世。康成随母迁居大阪府西成郡丰里村大字三番745番地黑田家。

---

① 文人画：亦称南宗画、南画，源自中国封建社会士大夫的绘画，有别于宫廷职业画师的绘画，更加强调笔墨情趣、神韵，标榜"士气""逸品"，始创自唐代的王维，明代画家董其昌倡山水画"南北宗"后始有此定称。

1902年 3岁

1月,母亲也因感染肺结核病而辞世。由祖父三八郎(后户籍名改为康筹)、祖母金抚养,回原籍大阪府三岛郡丰川村大字宿久庄字东村盖新房居住,姐姐芳子则寄养在大阪府东成郡鲶江村大字蒲生35番地姨父秋冈义一家。祖父经常算卦,留有《构宅安危论》《要话杂论集》等遗稿,有一段时间还曾计划独自调制新汉药出售,并留下了印有"川端青龙堂"字样的包药纸。

1906年 7岁

康成入大阪府三岛郡丰川普通高等小学。由于体弱多病,故经常缺课,但他学业成绩优秀,作文在全班首屈一指,显示出过人的才华。9月,祖母金辞世,此后与祖父相依为命。

1909年 10岁

7月,姐姐芳子患热病,并发心脏停搏而死亡。康成因病没能参加葬礼。他与芳子自1902年分别后,只见过一面。

1912年 13岁

3月,普通高等小学六年级毕业。在小学时代开始广泛地阅读图书馆的书籍。4月,以第一名考入大阪府立茨木中学。每天从家里到学校徒步约5公里的路程,身体得到了锻炼。

1913年 14岁

升中学二年级时,他的志向要当个小说家,他博览各种文艺杂志，尝试写新体诗、短歌、俳句、作文等，并装订成册，题名为《第一谷堂集》《第二谷堂集》。他的题为《滴雨穿石》的作文被保存了下来。

1914 年 15 岁

5 月，祖父辞世，康成成了孤儿；9 月，由西成郡丰里村母亲娘家黑田秀太郎收养。他开始写《十六岁的日记》，将祖父弥留之际的情况如实地记录下来。还写了《拾遗骨》《参加葬礼的名人》《向阳》等写生式作品，记录了有关祖父病逝前后的事情。

1915 年 16 岁

3 月，开始过宿舍生活，经常出入学校附近的书店。他的读书范围非常广泛，从白桦派到谷崎润一郎、上司小剑、德田秋声、《源氏物语》《枕草子》等，外国作家读了陀思妥耶夫斯基、契诃夫、斯特林堡、阿尔志跋绥夫等的作品。为此，他欠了书店很多书债。

1916 年 17 岁

4 月，担任宿舍的室长。与同室的小竺原发生同性恋。是年春天，开始给当地的小周刊《京阪新报》投稿，发表《致 H 中尉》《淡雪之夜》《紫色的茶碗》《电报》等短文，此外还向《文章世界》《秀才文坛》《新潮》等杂志投过稿。是年秋天，宿久庄的房子被出售给川端岩次郎，以支付祖父的欠债以及康成所欠书店的款项。

1917年 18岁

3月,茨木中学毕业后上东京投考第一高等学校(大学预科),寄居在浅草藏前的表兄田中岩太郎家,补习之余,经常去浅草公园。3月末,经表兄秋冈义爱的介绍,造访了新人作家南部修太郎。9月,入一高英文科。同班有石滨金作、酒井真人、铃木彦次郎、三明永无等人。预科三年都过着寄宿生活。他阅读最多的是陀思妥耶夫斯基、芥川龙之介、志贺直哉的作品。这期间写了一篇追悼辞世的英语教师仓崎仁一郎的作文《肩扛恩师的灵柩》,发表在大阪《团栾》杂志上。

1918年 19岁

7月,返回大阪,寄宿在蒲生的秋冈家。10月末,初次去伊豆旅行,与巡回艺人一行邂逅。此后约十年,他几乎每年都到伊豆汤岛旅行。

1919年 20岁

是年,结识今东光,受到东光的父亲武平的影响,对心灵学(神智学)产生了兴趣。经文艺部委员冰室吉平的举荐,他在第一高等学校的《校友会杂志》6月号上发表《千代》。

1920年 21岁

7月,第一高等学校毕业。同月,进入东京帝国大学文学系英文学科。与同班同学石滨金作、酒井真人、铃木彦次郎,还有今东光等人策划发行《新思潮》(第六次),为此第一次拜访菊池宽，此后长期受到菊池宽的照顾和恩惠。是年伊始，除了读日本作家的作品之外，还广泛阅读了包括森鸥外翻译的《诸国物语》在内的翻译作品。

1921年 22岁

2月，第六次《新思潮》发刊。4月，在第二号上刊载了《招魂节一景》，获得菊池宽以及各方面的好评。是年秋天到冬天，发生与本乡一家咖啡馆的女招待伊藤初代恋爱、订婚和遭撕毁婚约的事情。基于这种体验，他写了《南方的火》《篝火》《非常》《她的盛装》《暴力团一夜》《海的火祭》等作品。这期间，一度住在浅草，在菊池宽家经菊池介绍认识了芥川龙之介、久米正雄和横光利一。12月，在《新潮》杂志上发表《南部氏的风格（评〈湖水之上〉）》，第一次获得了稿酬。

1922年 23岁

2月，开始写文艺月评《本月的创作界》(《时事新报》)，成为后来从事近20年评论活动的契机。6月，从英文学科转到国文学科。自4月至6月，以千代事件为素材写了《新晴》。夏天在伊豆汤岛，写了《汤岛的回忆》(未发表)，这是后来的《伊豆的舞女》和《少年》的雏形。翻译了高尔斯华绥的《街道》、丁尼生的《死的绿洲》、契诃夫的《戏后》等外国作品。

1923年 24岁

2月，成为由菊池宽于1月创刊的《文艺春秋》编辑同人。

9月1日,发生关东大地震,与今东光一起去探望芥川龙之介,三人经常到受灾现场了解情况。他的名字登载在是年首次出版发行的《文艺年鉴》上。

是年,发表《林金花的忧郁》(1月)、《精灵祭》(4月)、《参加葬礼的名人》(5月)、《南方之火》(7月)等。

1924年 25岁

3月,东京帝国大学国文学科毕业。由于中途曾转过专业,学分不足,承蒙藤村作主任教授的照顾,通过了毕业论文《日本小说史小论》,刊登在《艺术解放》3月号上。5月,接受征兵体格检查不及格。7月,同当时的新人作家石浜金作、片冈铁兵、今东光、佐佐木茂索、铃木彦次郎、十一谷义三郎、中河与一、横光利一等筹备创刊同人杂志,由他起名为《文艺时代》,10月由金星堂发行创刊号。他和片冈铁兵负责编辑至12月,并负责与发行者金星堂的联络事宜。他们以《文艺时代》为阵地发起新感觉派运动。

是年,发表《篝火》(3月)、《非常》(12月),以及第一部掌篇小说集。

1925年 26岁

是年,大半年时间待在伊豆汤岛的汤本馆。5月,初次与松林秀子邂逅。他最初的作品集《骑驴的妻子》将由文艺社出版,虽然已经出了校样,但由于出版社方面的原因,以未能问世而告终。

是年，发表《新进作家的新倾向解说》(1月)、《新感觉派辩》(3月)、《十六岁日记》(8月)、《短篇集》(11月)、《第二短篇集》(12月)。

1926年 27岁

是年大部分时间在汤岛的汤本馆度过。这期间，他迷上了围棋和台球。4月，迁至菅忠雄家，开始与秀子一起生活。与横光利一等成立了"新感觉派电影联盟"，拍摄川端氏唯一一部电影剧本《疯狂的一夜》。这部影片被评定为是年的优秀影片，获得了全关西电影联盟颁发的奖牌，但是商业性上映则是失败的。

是年，发表《伊豆的舞女》(1月至2月)、《第三短篇集》(4月)、《感情的装饰》(6月)。

1927年 28岁

3月，金星堂出版了他的第二部作品集《伊豆的舞女》。同月，随笔小杂志《杂记手册》由文艺春秋社创刊(片冈铁兵编辑)，康成参与该同人杂志。4月5日，为出席横光利一的结婚典礼，阔别7个月又上东京。此后就决定在东京住留，并从汤岛把夫人接回来，在东京市外杉并町马桥租了间房子，建立了新居，不回汤岛了。5月，《文艺时代》停刊。月底，为改造社的"一元丛书"做宣传去关西旅行讲演。6月，作为文艺春秋社的"文艺讲演会"的讲师，与菊池宽、横光利一等人去福岛、秋田、山形地方做旅行讲演。8月，在《中外商业新报》

上初次发表连载的新闻小说《海的火祭》。12月,迁居热海。

是年,发表《招魂节一景》(2月)、《梅花的红蕊》(4月)、《柳绿花红》(5月,后与前者合成《春天的景色》)、《第四短篇集》《处女作作祟》(5月)、《关于掌篇小说》(11月)等。

1928年 29岁

3月,"三一五"事件,法西斯当局大举逮捕共产党员的第二天,窝藏过被追捕的林房雄和村山知义。5月,开始喜欢养狗。7月,去明治大学夏季文艺班讲学。

是年,发表《三等候车室》等掌篇小说。

1929年 30岁

4月,成为刚创刊《近代生活》的同人。是年起,写了许多文艺时评。9月,开始经常去浅草,拜访了作为日本最早的轻歌舞剧场,还结识了舞女们,做了大量的采访笔记。10月,成为《文学》杂志(崛辰雄编辑)的同人。12月,开始连载他的第二部新闻小说《浅草红团》,获得热烈的反响。《文学时代》12月号刊登了川端秀子的文章《谈谈我的丈夫》。

是年,发表《新人才华》(9月)、《浅草红团》(12月至翌年10月连载)等。

1930年 31岁

4月,接受文化学院文学部长菊池宽的聘请担任创作科讲师,每周讲一次课(任职至1934年3月)。兼任日本大学的讲师。依然经常前往浅草。4月底至5月,为了出席文艺讲演会,他去四国旅行。6月,掩护了秘密前往苏联前夕的日共党员藏原惟人。加入中村武罗夫等十三人俱乐部。从这个时候起,他开始喂养许多狗,还经常去参观画展。

是年,发表《我的标本室》(4月,收入掌篇小说47篇,作为"新兴艺术派丛书"一卷出版)、《针、玻璃和雾》(11月)等。

1931年 32岁

12月2日,与秀子正式提出结婚申请。是年,送舞女梅园龙子学习西方舞。结识古贺春江。

是年,发表《水晶幻想》(1月开始连载)、《浅草日记》(1月)、《伊豆序说》(2月)、《仲夏的盛装》(6月)等。

1932年 33岁

3月,伊藤初代前来造访川端家。是年,观看了许多舞蹈表演会。从夏天起,饲养了许多小鸟。

是年,发表《致父母的信》(1月)、《抒情歌》(2月)、《慰灵歌》(10月)等。

1933年 34岁

2月,《伊豆的舞女》由五所平之助导演,拍成电影(田中绢代主演),这是这部小说第一次被搬上银幕,此后至1967年止,《伊豆的舞女》在他生前共五次被翻拍成电影。10月,成为文化公论社创刊的《文学界》的同人,并参与策划编辑工作。9月10日,古贺春江逝世,给他留下了强烈的印象,写了《临终的眼》。

是年,发表《禽兽》(7月)、《临终的眼》(12月)等。

1934年 35岁

1月,被列名为文艺恳话会成员。6月,赴汤泽途中,在水上站看到落水骚动,得到启发就写了《水上情死》,从8月起在《现代日本》上连载,很快就被改编成剧本,10月尚未连载完,就拍成了电影(胜浦仙太郎导演,若水绢子主演)。9月,开始连载《浅草红团》续篇《浅草节》。12月,去汤泽,开始写《雪国》。

是年,发表《虹》(3月开始连载)、《文学自传》(5月)、《水上情死》(8月至12月连载)、《浅草祭》(9月至翌年3月连载)等。

1935年 36岁

1月,担任文艺春秋社创设的芥川奖、直木奖的评选委员。第一次评选,与落选的太宰治之间发生了龃龉。1月,《雪国》开始分期连载。是年他出现反复发烧的症状。3月,《浅草的姐妹》被改编拍成电影《少女时代的三姐妹》(东宝前身PCL电影制片厂出品),并让梅园龙子初次公演。9月,赴新潟县汤泽收集《雪国》续篇的素材。12月,迁居镰仓。同月,赴上诹访,搜集写作《花之湖》的素材。

是年，发表《雪国》(1月至后年12月连载)、《纯粹的声音》(7月)等。

1936年 37岁

1月，成为新创刊的《文艺恳话会》的同人，负责编辑了《日本古典文艺与现代文艺》特辑。1月，前往伊东温泉搜集《花之湖》的创作素材。2月，原作《谢谢》改编拍成电影《多谢先生》并首映。12月，参加刚成立的镰仓笔会（久米正雄任会长）。

是年，发表《意大利之歌》(1月)、《花之湖》(1月至6月)、《花之圆舞曲》(3月至4月)、《芭茅花》《火枕》(《雪国》续章)、《夕阳下的少女》(12月)、《少女开眼》(12月至翌年7月)等。

1937年 38岁

6月，汇总分别刊载在各杂志上的《雪国》各章进行修订，由创元社出版单行本。7月，《雪国》与尾崎士郎的《人生剧场 青春篇》一起，获得了第三届文艺恳话会奖。8月，在轻井泽集会堂为文化学院夏季讲习会做了题为《文学》的讲演（《信浓的故事》，刊于《文艺》10月号）。是年至1945年，每年夏季都在轻井泽度过，在那里写下了《牧歌》《高原》《风土记》等作品。开始迷上照相和打高尔夫球。

是年，发表《少女之港》(6月至翌年3月)、《牧歌》(6

月至翌年 12 月)、《风土记》(11 月)。

1938 年 39 岁

6 月,观看"本因坊秀哉名人引退战"(6 月 26 日于芝的红叶馆开战,后对弈场地改到箱根、伊东,12 月 4 日终局,其间 8 月 15 日至 11 月 17 日休场),并在《东京日日新闻》《大阪每日新闻》上连载观战记。7 月,获得许可设立财团法人"日本文学振兴会",他被选任该会理事(理事长菊池宽)。7 月,去轻井泽。8 月,到八岳高原富士见疗养所探望吴清源。是年开始陆续出版川端康成、武田麟太郎、间宫茂辅三人共同编选的《日本小说代表作全集》(每年两册)。

是年,发表《我写围棋观战记》(10 月)等。

1939 年 40 岁

1 月,赴热海观看木谷实与吴清源的三番棋战的第一局。去伊东探望本因坊名人。在伊谷奈与对局间歇而来此地的吴清源进行了两天推心置腹的交谈。这期间,转写围棋观战记,并以下围棋、将棋和搓麻将等形式,与本因坊名人、木谷和吴等人交往。2 月,当选为菊池宽奖评选委员。7 月,在日本女子大学做了《关于作文》的讲演,深入参与广泛意义上的作文运动。这件事连同 1936 年他宣告停笔不写文艺时评,显示出川端对待战时体制的一种独自的姿态。是年,《少女开眼》拍成电影(新兴电影)。

是年,发表《故人之园》(2 月)、《观战记》(2 月至 3 月,木谷、吴三番棋战第二局）、《美之旅》（7月开始连载）等。

1940年 41岁

1月，去探望住在麟屋的秀哉名人，并与他下了两盘将棋。两天后名人猝死，拍下了名人的遗容。5月，为了收集前一年已开始写的《美之旅》的素材，参观盲人学校、聋哑人学校。6月，为了收集《我的浅草地图》，走访了阔别许久的浅草。6月至7月，先后去箱根、三岛、小夜的中山、兴津、静冈和东海道旅行，兼及收集《旅行的诱惑》的材料。7月8日，出席在大隈讲堂召开的"文艺枪后运动"的讲演会，演讲题目是"事变作文"，并对梅园龙子的朗诵附加解说。10月，参与发起成立日本文学会。

是年，发表《母亲的初恋》（1月）、《雪中火场》（12月，《雪国》续章）等。

1942年 43岁

4至5月，为了写《名人》（《八云》）及其他作品而去京都。10月，作为日本文学报国会派遣的作家，从轻井泽前往长野县伊那，访问一留守农家，为《读卖报知》写了报道。12月，读了战死者的遗文，并写了感想文章《英灵的遗文》。

是年，发表《名人》（8月）、《日本的母亲》（10月）等。

1943年 44岁

3月，去大阪处理收养表兄黑田秀孝的三女儿麻纱子（户籍名政子）做养女。5月，养女入户口，以此为契机，他撰写了《故园》，但由于时局严峻，写作不顺利，终未完成。4月，为了连载的《东海道》，从镰仓到京都，沿途下站搜集素材。

是年，发表《故园》（6月开始连载）、《父亲的名字》（5月至1945年1月）等。

1944年 45岁

4月，以《故园》《夕阳》等，获得了战前最后一届菊池宽奖（第6届）。6月，日本文学振兴会设立"战记文学奖"，川端入选。接受联防组长的委派担任夜警四处巡逻，在连续过着这种生活的条件下，他读了许多王朝古典著作，诸如《源氏物语》等，重读了志贺直哉、森鸥外、夏目漱石等人的作品。还从旧书店购买了《大日本佛教全书》等古典文献。8月，他出售了轻井泽的一幢别墅，以支付生活费用。

是年，发表《夕阳》（3月）、《一草一花》（7月）等。

1945年 46岁

4月，作为海军报道班成员去鹿儿岛县鹿屋的海军航空队特攻基地采访。1946年发表的《生命之树》等作品，就是运用了这个时候的一些体验写出来的。

5月，开了一家出租书屋——镰仓文库。从鹿儿岛回来之后，热心地协助做文库的工作。

8月15日，与夫人、女儿一起在自己家里听了天皇的关于日本无条件投降的广播。9月，镰仓文库开始作为出版社进行工作,他与久米等人担任董事。

1946 年 47 岁

1月,接受三岛由纪夫的访问,并向《人间》杂志推荐三岛的《香烟》。

4月,与大佛次郎、岸田国士、丰岛与志雄、野上弥生子等人创办了"红蜻蜓会",藤田圭雄编辑儿童杂志《红蜻蜓》,日本实业社发行。

10月,迁居镰仓长谷,此后半生一直居住于此。

是年,发表《重逢》(2月)、《感伤之塔》(2月)、《雪国抄》(5月,《雪国》续章)等。

1947 年 48 岁

2月,出席笔会的重建大会。越发关心古代美术,在镰仓文库的工作间歇,常去参观美术展,与美术界交往的机会也多了起来。10月,发表《续雪国》(《小说新潮》10月号),至此经历了13年完成了《雪国》最后定稿。

是年10月,发表《哀愁》《续雪国》。

1948 年 49 岁

6月,继志贺直哉之后担任日本笔会第四任会长(至1965年10月)。11月,受读卖新闻社的委托,去旁听了东京审判。

是年,发表《再婚的女人》(1月至8月)、《未亡人》(1月)、《少年》(5月至翌年3月)、《东京审判的老人们》(11

月)、《雪国》定稿本（12月，创元社）等。

1949年 50岁

4月，担任恢复的"芥川奖"评选委员。5月，开始连载《千羽鹤》。7月，担任新设立的横光利一奖（改造社主办）评选委员。9月，以日本笔会会长的名义，给威尼斯国际笔会第21届大会发去贺词《致威尼斯国际笔会第21届大会》(发表于《人间》10月号上)。11月，应广岛市的邀请，与小松清、丰岛与志雄等代表日本笔会参观了原子弹轰炸受难地。9月开始连载《山音》。担任战后第一套文学全集《现代日本小说大系》（65卷，河出书房）的编辑委员。

是年，发表《千羽鹤》(5月至翌年12月)、《山音》(5月至1954年4月)等。

1950年 51岁

4月，与23名笔会会员赴广岛、长崎视察。在广岛举办的"世界和平与文艺讲演会"（日本笔会广岛之会）上，宣读"和平宣言"（这个宣言以"武器招致战争"为题，发表于《王将》杂志7月号上）。8月，为筹集派遣代表参加爱丁堡的笔会世界大会（8月15日起开10天）所需经费，他写了呼吁募捐的文章。12月，开始在《朝日新闻》上连载《舞姬》。是年，经营多年的镰仓文库倒闭。

是年，发表《天授之子》(2月)、《虹》(3月至翌年4月)、《舞姬》(12月至翌年3月)等。

1951年 52岁

8月，《舞姬》由新藤兼人改编，拍成电影（山村聪、高峰美枝子等主演，东宝发行）。

是年，发表《玉响》（5月）、《关于〈浅草红团〉》（5月）等。

1952年 53岁

1月，《浅草红团》由成泽昌茂改编拍成电影（大映发行）。2月，获1951年度艺术院奖。8月，《千羽鹤》由久保田万太郎改编成歌舞伎，在歌舞伎座上演（花柳章太郎等主演）；12月，由新藤兼人改编拍成电影（大映发行）。10月，赴近畿参加《文艺春秋》30周年纪念讲演会。前往近畿地方（姬路、神户、和歌山、奈良）旅行，随后应大分县的邀请，去九州旅行，漫步了九重高原。翌年6月又重游，决定把九重作为《千羽鹤》续篇《波千鸟》的背景，但是放采访笔记的旅行包丢失了。因此《波千鸟》没有写完就告终。是年，任"小学馆儿童文化奖"文学部门的评选委员。

是年，发表《日兮月兮》（1月至翌年5月）、《新文章论》（4月）等。

1953年 54岁

6月，参加角川书店的讲演旅行去九州。夏天，战后第一次去轻井泽。是年，《山音》由水木洋子拍成电影（东宝发行）。9月，《浅草故事》由岛耕二改编兼导演拍成电影（大映发行）。11月，与永井荷风、小川未明一同被选为艺术院会员。同时还担任了复办的野间文艺奖的评选委员。

是年，发表《河边小镇的故事》（1月至12月）、《水月》（11月）、《吴清源谈棋》（8月至12月）等。

1954年 55岁

1月，开始连载《湖》。3月，《伊豆的舞女》由伏见晁改编，第二次拍成电影（松竹电影公司）。担任"岸田演剧奖"和新潮文学奖的评选委员。4月，《山音》出版，并于12月获第7届野间文艺奖。8月，写就西川流名古屋舞蹈剧本《船上艺妓》，由西川鲤三郎任艺术指导，先后在名古屋御园座等地上演。这部作品后来于1957年做了若干修订，由宝塚歌舞团上演。9月，赴米子、松江参加文艺春秋社讲演会。同月，《母亲的初恋》由八田尚之改编拍成电影（东宝电影公司）。1948年起开始出版的《川端康成全集》16卷本全部出齐。是年起，开始服用过量安眠药。

是年，发表《湖》（1月至12月）、《东京人》（5月至翌年10月）、《离合》（8月）等。

1955年 56岁

1月，《河边小镇的故事》由衣笠贞之助导演兼改编拍成电影（大映电影公司）。同月，写就舞蹈剧《故乡之音》，先后在新桥演舞场以及其他各地上演。1月，爱德华·塞登斯特卡节译的《伊豆的舞女》，刊登在《大西洋月刊》日本特辑上。11月，在东宝剧场举办的"文艺春秋500号纪念会"上做了讲演。

是年,发表《青春追忆》(1月至1957年1月)、《彩虹几度》(1月)等。

1956年 57岁

1月,出版《川端康成选集》(10卷,新潮社,11月出齐)。2月,《彩虹几度》由八住利雄改编拍成电影(大映电影公司)。4月,《东京人》由田中澄江改编拍成电影。11月,匈牙利发生动乱事件,以日本笔会会长的名义去电表示同情。是年起,以赛登斯特卡翻译《雪国》、八代佐地子翻译《千羽鹤》在美、德出版为契机,他的作品在海外的翻译出版逐年增多。

是年,《身为女人》(3月至11月)发表。

1957年 58岁

3月,与松冈洋子赴欧洲出席国际笔会执行委员会,会后访问了欧亚各国,邀请代表出席东京大会,5月回国。4月,《雪国》由八住利雄改编拍成电影(东宝电影公司)。9月,主持第29届国际笔会东京大会。

是年,发表《风中的路》(1月至4月)、《东西方文化的桥梁》(1月)等。

1958年 59岁

1月,《身为女人》由田中澄江改编拍成电影(东宝电影公司)。2月,任国际笔会副会长。3月,由于对"国际笔会大会在日本召开做出了努力和成绩",获战后复办的第六届菊池宽奖。6月,去冲绳旅行。11月,因患胆结石,住进东大医院木本分院外科,翌年4月出院。

是年,发表《弓浦市》(1月)等。

1959年 60岁

5月,在法兰克福的第30届国际笔会大会上获歌德奖章。9月,《风中的路》由矢代静一改编拍成电影(日活电影公司)。11月起出版《川端康成全集》(12卷,新潮社,1962年8月出齐)。是年,在他长期的作家生活中,第一次全年没有发表一篇小说。

1960年 61岁

5月,《伊豆的舞女》由田中澄江改编第三次拍成电影(松竹电影公司)。5月,应美国国务院的邀请访美。7月,作为特邀代表出席巴西圣保罗主办的第31届国际笔会大会,8月归国。获法国政府授予的艺术文化勋章。

是年,发表《睡美人》(1月至翌年11月)等。

1961年 62岁

为搜集材料和执笔写作《古都》《美丽与哀愁》,在京都市左京区下鸭泉川町25号租下房子。5月,去新潟、佐渡旅行。11月,获第21届文化勋章。

是年,发表《美丽与哀愁》(1月至1963年10月)、《古都》(10月至翌年1月)等。

1962年 63岁

2月，出现安眠药药物成瘾症状，进东大医院住院，连续10天昏迷不醒。4月，由新派剧团在明治座上演《古都》(川口松太郎改编，松浦竹夫导演)。10月，他继下中弥三郎之后，参加了呼吁世界和平七人委员会。11月，《睡美人》获第16届每日出版文化奖。

是年，发表《落花流水》(10月至1964年4月)以及《秋雨》等掌篇小说。

1963年 64岁

1月，《古都》由权藤利英改编，将拍成电影(松竹电影公司)。4月，担任财团法人日本近代文学馆监事。还担任近代文学博物馆委员长。6月，《伊豆的舞女》由三木克巳改编第四次拍成电影(日活电影公司)。他与大佛次郎、久松潜一共同监制10月举办的近代文学史展。

是年，发表《一只胳膊》(8月至翌年1月)、《喜鹊》等掌篇小说。

1964年 65岁

6月，作为特邀代表，出席了在奥斯陆召开的第32届国际笔会大会。归途历访欧洲各国，8月归国。6月，开始断断续续连载《蒲公英》。

是年，发表《蒲公英》（6月至1968年，未完）、《久违的人》等掌篇小说。

1965年 66岁

4月，日本广播协会（NHK）根据他的《玉响》改编成同名电视连续剧，并开始播出。10月，他辞去自1948年以来担任18年之久的日本笔会会长职务。11月，举办日本笔会创立30周年纪念祝贺会，会上他接受了继任的芹泽光治良会长等人对前任会长的慰劳。同月，他出席了伊豆汤岛温泉建立《伊豆的舞女》文学碑的揭幕仪式。《美丽与哀愁》（筱田正浩导演）、《雪国》（大庭秀雄导演）分别由松竹电影公司拍成电影。

是年，发表《玉响》（9月至翌年3月，未完）等。

1966年 67岁

1月至3月，因患肝炎住进东大医院。4月，日本笔会为了表彰他多年的功绩，赠予他一尊由高田博厚制作的胸像。8月，《湖》由石堂淑郎改编拍成电影《女人的湖》（松竹电影公司）。是年，没有重要的新作发表。

1967年 68岁

2月，与安部公房、石川淳、三岛由纪夫就中国"文化大革命"联名发表《为了维护学问艺术自由的呼吁书》。《伊豆的舞女》由井手俊郎改编第五次拍成电影（东宝电影公司）。4月，担任新开馆的日本近代文学馆名誉顾问。7月，养女麻纱子（政子）与香男里结婚，入户籍（8月，在驻莫斯科日本大使馆举行结婚仪式，10月14日，在国际文化会馆举行婚礼宴会）。8月，任日本万国博览会政府出展恳谈会委员。12月，赴札幌看女儿的新居。

是年，发表《一草一花》（5月至1969年1月）等。

1968年 69岁

1月，《睡美人》由新藤兼人改编，拍成电影（田村高广等主演，松竹电影公司）。2月，在《关于非核武装向国会议员们的请愿书》上签名。6月，参加了日本文化会议。7月，担任今东光竞选参议院议员的选举事务局长，还跟随在东京、京都等地做街头演讲。10月17日，作为日本人第一次获诺贝尔文学奖。11月，日本笔会举办获奖纪念祝贺会。12月10日，出席斯德哥尔摩的授奖仪式，12日，在瑞典科学院做纪念讲演《我在美丽的日本》。是年，辞去艺术院第二部长职务，又被授予故乡茨木市的名誉市民称号。

是年，发表《我在美丽的日本》（12月）等。

1969年 70岁

1月6日，获诺贝尔文学奖后赴欧洲旅行回国。同月27日，接受了众参两院的祝贺决议。1月29日，第一个孙女诞生。3月，赴夏威夷大学做日本文学的特别讲授。4月，旅行期间，与索尔仁尼琴一起被选为美国艺术文学研究会的名誉会员。4月至6月，各地举办了诺贝尔文学奖获奖纪念"川端康成展"

（每日新闻社主办），为此而临时回国。5月，在夏威夷大学做《美的存在与发现》的特别讲演。6月，被授予夏威夷大学名誉文学博士称号。同月回国，被授予镰仓市名誉市民的称号。7月，在日本驻伦敦大使馆举办"川端康成展"。9月，作为文化使节，出席"移民百年纪念旧金山日本周"，并做了《日本文学之美》的特别讲演。是年，《日兮月兮》由广濑襄改编拍成电影（松竹电影公司）。4月份起，开始第五次出版他生前最后的19卷本全集。

是年，没有发表小说。

1970年 71岁

5月，设立"川端文学研究会"（会长久松潜一）。6月，出席在中国台北举办的亚洲作家会议并做了讲演。接着6月29日至7月3日，作为特邀代表出席了在京城召开的第38届国际笔会大会，并致了祝词。7月，汉阳大学授予他名誉文学博士称号，他还做了《以文会友》的纪念讲演。

是年，发表《长发》（4月）、《竹声桃花》（12月）等。

1971年 72岁

3月，为支援秦野章竞选东京都知事到处做街头演说。4月16日，诺贝尔财团专务理事访问日本，他陪同该专务理事访问京都。4月17日，呼吁世界和平七人委员会在京都会合，听取藤山爱一郎关于中国问题的讲话。5月，举办了"川端康成个人图书展"。因健康欠佳，整个夏天都在镰仓度过。9月，在世界和平七人委员会发表的《恢复日中邦交呼吁书》上签名；12月，在《反对第四次防卫计划的声明》上签名。10月9日，第二个孙子诞生。年底起，为日本学研究国际会议募捐等事而奔波。12月，任日本近代文学馆名誉馆长。24日，出席题为"日本人变了吗——冲破'脱'现象"的电视讨论会。

1972年 73岁

1月，出席文艺春秋社创立50周年举办的新年社员见面会，并做了讲演，以《但愿是新人》为题发表在《诸君》上。18日，出席了呼吁世界和平七人委员会会议。3月8日患盲肠炎入院做手术，17日出院。4月16日夜，在逗子的玛丽娜公寓含煤气管自杀身亡。5月27日，由治丧委员会长芹泽光治良主持，在青山斋场举行了日本笔会、日本文艺家协会、日本近代文学馆"三团体葬"。由今东光赠予戒名："文镜院殿孤山康成大居士"。9月起，日本近代文学馆主办的"川端康成展——其艺术与生涯"，在全国各地巡回展出。10月，创设了财团法人"川端康成纪念会"（理事长井上靖）。11月，日本近代文学馆内开设"川端康成纪念室"。

1981年

为纪念川端康成逝世10周年，新潮社出版新版《川端康成全集》（35卷，另增补2卷，全37卷）。

……

在这大自然中,

像鸟儿啼啭、
像蝴蝶翻飞那样随心所欲地尽情舞动,
才是真正的舞蹈啊,
舞台上的舞蹈是一种堕落。

*